游走在

字里行间

马毓敏 著

浙江工商大学 出版社
ZHEJIANG GONGSHANG UNIVERSITY PRESS

·杭州·

图书在版编目（CIP）数据

游走在字里行间 / 马毓敏著. — 杭州：浙江工商
大学出版社，2024.1
　ISBN 978-7-5178-5837-9

　Ⅰ.①游… Ⅱ.①马… Ⅲ.①散文集—中国—当代
Ⅳ.①I267

中国国家版本馆 CIP 数据核字（2023）第 230679 号

游走在字里行间
YOUZOU ZAI ZILI-HANGJIAN

马毓敏　著

责任编辑	张晶晶
责任校对	林莉燕
特约编辑	李大军
封面设计	尚俊文化
责任印制	包建辉
出版发行	浙江工商大学出版社
	（杭州市教工路 198 号　邮政编码 310012）
	（E-mail：zjgsupress@163.com）
	（网址：http://www.zjgsupress.com）
	电话：0571-88904980，88831806（传真）
排　　版	尚俊文化
印　　刷	杭州丰源印刷有限公司
开　　本	889 mm×1194 mm　1/32
印　　张	5.5
字　　数	113 千
版印次	2024 年 1 月第 1 版　2024 年 1 月第 1 次印刷
书　　号	ISBN 978-7-5178-5837-9
定　　价	68.00 元

代序
字里行间悟世情

"少年去游荡，中年想掘藏，老年做和尚。"这是老百姓经常挂在嘴边的话，说者往往是一脸风霜，有男有女，语调深沉，伴以叹息。

少年心性，急于摆脱各类束缚，向往星辰大海。每次听罗大佑唱《童年》，听到"没有人能够告诉我，山里面有没有住着神仙"这一句时，以为这歌只是为我而唱。挣脱眼前的苟且，比如写作业、考试、割草、喂猪，与隔壁班那个男孩眉目传情，在一个晴朗的日子相约一起出发。一剑一箫，白衣胜雪，快马如电。在山的那一边海的那一边，在天的那一头地的那一角，谁知道会有什么样的惊喜啊。世界这么大，总要去看看，说不定真能遇到神仙呢。

"新丰美酒斗十千，咸阳游侠多少年。相逢意气为君饮，系马高楼垂柳边。"少年，少年，游荡是你人生的底色，有这碗酒垫底，你就能从容应对以后生活中的狂风巨浪。

成长是个过程，既快捷又漫长。说它快捷，只觉得才刚繁花似锦，几度风雨过后，就朱颜辞镜，人老珠黄。说它漫长，只要看一下古人给我们准备的仪式就会明白：十岁那年，你垂下的头发得扎起来，"总角"了，你的生命进入新的通道；十五岁，得"束发"了，这是男子生命中的"志学之年"；二十岁叫"弱冠"，行了冠礼，成为一个成年人，可以担当重任了。至此，生命之树进入勃发阶段，春林初盛，春花怒放。

然后，成家，立业。

从少年到中年，从向往诗与远方，到一心想着发财，中间只隔了一个家庭，隔了一个"父亲"的头衔。

家是温暖，也是负担。有室有家，有儿有女，光宗耀祖的前提是养家糊口。中国人的家庭观念，就是有室有家还不行，还得宜室宜家。上有老下有小，"劳其筋骨"对中年人来说是轻的，"空乏其身"也还可以忍受，难的是在付出所有之后，生活依然苟且得毫无诗意。中年人，只剩下梦可以依托，梦就像马一样自由不羁，上天入地，出神入化，白天的穷途无奈，只在梦里化作清风明月。中年人被压榨得只有这一道门可以进出了。

考公、做官、发大财，人生所有的愿望至此时才可能唾手可得。掘藏，是穷人常做的梦，像鲁迅小说《白光》中的主人公，一直疑心先人有金的银的藏在地板底下，每至夜深人静就开始掘啊挖啊的，掘得家里没有一处平整的地儿。然而，一场空，什么也没有。

中年人都想掘藏，都想挣大钱。《红楼梦》里有这样一个细节：有一天贾琏、王熙凤两口子为对付宫中太监的勒逼而闲扯，说话间，贾琏突然冒出一句话，这会子再发个三二百万的财就好了。按这意思，早先他们肯定得到过一笔意外之财，有三二百万之多。那么这三二百万的钱是从哪里来的呢？《红楼梦》里没有线索，红学研究家刘心武先生认定，那是黛玉的遗产。贾琏的这份意外之财，就是民间常说的"横财"，跟掘藏所得差不离。中年人为房贷车贷所累，想掘藏想发横财，人之常情。

过了满脑子都是孩子笑了孩子哭了的中年时代，人生的水流会相对和缓些。生活的诡异之处在于，你越想要，它越不给。你努力到哭，它依然按原有的安排不紧不慢。有些事情有些东西，靠主观努力不一定有用。当然，要明白这个道理，必须活过许久许久之后。人老了会信命。年轻人死都不怕，谁信命，有的是贝多芬一样的豪情，准备时刻扼住命运的喉咙。经历了生活的艰辛，行将老去的人会用"命里有时终须有，命里无时莫强求"这样的话来自我解嘲。人生的列车，有的人先上后下，有的人后上先下，谁也说不准自己的下车地点。少年的雄心、青年的野心、中年的贪心统统都随时光而流逝，面对"耳里频闻故人死，眼前唯觉少年多"的局面，空，就像空气一样包围着身心。求道信佛，成了日常新的功课。忽闻海上有仙山，山在虚无缥缈间。

老了，该放下的就放下吧，不放下又如何？阎王叫你三更死，谁敢留人到五更。不如做个和尚，至少可以自我超度。

　　"少年听雨歌楼上，红烛昏罗帐。壮年听雨客舟中，江阔云低、断雁叫西风。而今听雨僧庐下，鬓已星星也。悲欢离合总无情，一任阶前、点滴到天明。"

　　这是宋朝词人蒋捷写的《虞美人》，他把老百姓常说的人生三阶段，用典雅的文学语言重新表达了一遍。少年楼上听雨，雨声是一种伴奏，更增一份灯红酒绿的迷离怅惘；中年四处奔波，客舟飘摇，雨声送来的，是一份跋涉之余思家的惆怅；进入老年，繁华阅尽，亲友星散，一身一灯一古佛，伴着雨声淅沥。世事一场大梦，不只是此刻的光景，更是此生的悲凉。

　　一世为人，中间的过程，谁都必须经历，是不是？那就按写好的剧本，演出我们的人生之剧吧。就像一棵树，该开花的时候开花，该落叶的时候落叶。

目录

第一辑　古今相通见世情

第二辑　千古风范依稀见

第三辑　云卷云舒自在观

第四辑　花草无赖最可人

古今相通见世情

大抵南朝皆旷达

题记：

> 向吴亭东千里秋，放歌曾作昔年游。
> 青苔寺里无马迹，绿水桥边多酒楼。
> 大抵南朝皆旷达，可怜东晋最风流。
> 月明更想桓伊在，一笛闻吹出塞愁。

　　题记中诗的作者为杜牧，诗名为《润州二首》，是他游江苏镇江时所写。清秋时节，杜牧登上向吴亭，目极千里之外。自己当年曾在此地放歌，而今已然物是人非。寺里青苔掩马蹄，桥下绿波映画楼。想起旷达的南朝人物，更神往东晋的文采风流。如水的月光下面，那个会吹笛子的桓伊，说不定又要吹一曲《出塞》了。

　　杜牧神往的南朝与东晋，不外乎竹林七贤的率性旷达，不矜持，不做作，不虚伪，不掩饰；不外乎玄意幽远，清谈雅论，超越生死；不外乎"世无英雄，使竖子成名"的慨叹，

"木犹如此，人何以堪"的唏嘘；不外乎嵇康"手挥五弦，目送归鸿"的玄远；不外乎陶潜"采菊东篱下，悠然见南山"的淡泊。

神往南朝与东晋，还在于那时的女性不以外貌美丑为意，专注个人内在修养。

修心第一女，当推谢道韫。

谢道韫是那个时候最有名的女子。她出身高贵，是东晋太傅谢安的侄女，是安西将军谢奕的女儿，是征西将军谢玄的姐姐，是王羲之的二儿子江州太守王凝之的妻子，但这些并不是她出名的全部原因。她的才学与识见更令人叹服。

谢道韫有"咏絮"之才。

"空中雪花像什么呢？"谢安问一旁玩耍的侄儿们。

小男孩说像食盐："撒盐空中差可拟。"雪白的盐与晶莹的雪在形象上类同，回答基本正确。

小女孩说更像柳絮："未若柳絮因风起。"白色的柳絮在风中飘飘扬扬，轻盈的姿态更接近雪花。

从此，"咏絮"成了才女谢道韫的代名词。

其实，要表扬谢道韫有才，还不如《晋书·列女传》这一段来得合适："王凝之妻谢氏，字道韫，安西将军奕之女也。聪识有才辩。叔父安尝问：'《毛诗》何句最佳？'道韫称：'吉甫作颂，穆如清风。仲山甫永怀，以慰其心。'安谓有雅人深致。"

叔父谢安与侄女谢道韫讨论《诗经》里面哪一句诗最佳，谢道韫脱口而出，"吉甫作颂，穆如清风。仲山甫永怀，以慰其心"，这句最好。谢安深以为然，表扬她"雅人深致"，能欣赏到《诗经》的精髓。所谓"雅人深致"，即表扬侄女言谈不俗、见解深刻。

男大当婚，女大当嫁。放眼东晋一朝，王谢两家端的是门当户对，王家有丞相王导、大将军王敦、会稽内史王羲之，谢家有安西将军谢奕、太傅谢安、中郎将谢尚，文武全才不胜枚举，是东晋半壁江山的中流砥柱。从门当户对的角度看，两家结亲在那个讲究门阀的时代是理所当然的。据说，当年建康城里王谢两家所住之处，因族中子弟喜穿乌衣，其地得名"乌衣巷"，成了一大风景，以至于后人刘禹锡专门写了首叫《乌衣巷》的诗，"王谢"也成了名门大族的指代。

谢道韫择婿，择的是王羲之的第二子王凝之。话说当年，王羲之坦腹东床，一下被时任宰相的郗鉴看中，认他做了郗家的女婿。都说虎父无犬子，但这王二少爷却少有乃父风范，也不是个精细人，只一味信奉孙恩的"道"，也没有立功疆场的血性，平时处世行事又比不上自己的老婆。翻遍一本《世说新语》，其中王徽之、王献之随处可见，王凝之却少有提及。难怪谢道韫一回娘家就发牢骚："不意天壤之中，乃有王郎！"天底下竟然还有我家老王这种人，言语中有不信有无奈也有委屈。千年之后的今天，我们还能体会她的这种郁闷：什么人哪！

谢道韫阅人众多，看不顺眼的不单单有自己的先生，自家兄弟稍有懈怠，批评起来也不留情面。《世说新语·贤媛》二十八条记载，王江州夫人语谢遏曰："汝何以都不复进？为是尘务经心，天分有限？"谢遏是谁？谢道韫娘家弟弟谢玄。谢道韫对谢玄说："你是怎么搞的，学问一点儿也没长进，是一心注意尘杂俗事，还是你的天分有限？"想那征西将军谢玄乃是东晋一代名将，是在淝水之战中打败前秦苻坚的主帅，却被姐姐说成要么沉溺于俗务之中，要么就是天分一般、领悟力有限。这真是个乘风破浪的姐姐，够厉害。

时人评价谢道韫：王夫人神情散朗，故有林下风。"林下风"三字，在那个朝代可是对女性最高的评价。

修心第二女，当推许允妻阮氏。

有一本书叫《漂亮者生存》，讲的是女性在现代社会中如何运用"美貌"这一资本创造更好的职场环境。其实，女性的相貌和生活质量无必然因果关系。有调查表明，重要岗位只注重能力。智慧和才干才是行走职场最好的通行证。

许允妻就是这么一位有智慧有才干的女性。

许允，史书有传，属于名人名家。他的老丈人叫阮共，是三国时期魏国的卫尉卿，相当于今天的武警部队首长，阮共的儿子阮侃，官至河内太守。阮共还有个女儿，叫什么名不知道，《世说新语》中要么称她为阮氏女，要么叫她许允妻。

《世说新语》载，许允这位媳妇奇丑，两人行结婚大礼后，许允逃也似的出了洞房之门。"新婚之夜新郎逃走"这样的事，即使放在现在的"新新人类"身上，也是沸反盈天的。这阮氏女知道自己的外貌把新郎吓着了，却也不以为意，不慌不忙，胸有成竹，相信许允不久就会回来。果不其然，许允后来又走进了房门。没承想，新妇实在丑出了他的认知范围，又想拔腿狂奔。阮氏女一看许允要第二次逃走，就不顾三七二十一，一把拉住许允的衣服，坚决不让走。

感谢刘义庆的《世说新语》，为后世留下如此另类的洞房对白：

> 许允妇是阮卫尉女，德如妹，奇丑。交礼竟，允无复入理，家人深以为忧。会允有客至，妇令婢视之，还，答曰："是桓郎。"桓郎者，桓范也。妇云："无忧，桓必劝入。"桓果语许云："阮家既嫁丑女与卿，故当有意，卿宜察之。"许便回入内，既见妇，即欲出。妇料其此出无复入理，便捉裾停之。许因谓曰："妇有四德，卿有其几？"妇曰："新妇所乏唯容尔。然士有百行，君有几？"许云："皆备。"妇曰："夫百行以德为首，君好色不好德，何谓皆备？"允有惭色，遂相敬重。

舌战结束，许允成了阮共的婿，阮氏女成了许允的妻。

后来许允担任魏国吏部郎，任人唯亲，部下皆为乡党，皇上不高兴了："这吏部难道是你许允的私有财产？！"就派人抓了他。许允被抓之时，阮氏女提醒说，明主"可以理夺，难以情求"，许允遵照这"八字"方针，据理力争，而他推荐的那些人经过考察也没有任何过失，皇上最后赦免了他，还送他新衣服。

许允处在魏国即将被晋朝取代的黑暗时候，最后还是被大将军司马师杀了。司马师想斩草除根，对前去许家打探的人说，如果许家孩子看上去很能干的话，就抓回来。许允妻得到这消息后，行止如常，照样织自己的布。她跟儿子们说：你们都不错，可都比不上你们的父亲，不会有事的，该干啥干啥去。

言谈从容，举止得体，处事明理，大方自信，所有这些岂不远胜徒有其表之外在美？

修心第三女，当推书法家卫夫人卫铄。

卫夫人生于272年，卒于349年，河东安邑（今山西夏县）人，汝阴太守李矩之妻，世称卫夫人。师承钟繇，尤善隶书。晋人钟繇曾称颂卫夫人的书法，说："碎玉壶之冰，烂瑶台之月，婉然芳树，穆若清风。"充分肯定了卫夫人书法之高逸清婉、流畅瘦洁的特色。卫铄在继承钟繇书法风格的基础上自有创新，钟繇书法瘦洁飞扬，卫夫人在其中融入女性的清婉灵动。唐代韦续则曰："卫夫人书，如插花舞女，低昂芙蓉；又如美女登台，仙娥弄影；又若红莲映水，碧沼浮霞。"连用三组美丽的形象来比拟其书法，可知卫夫人的书法充溢着美感，带有女性特有的妩媚娇柔。

卫夫人生前名望已远播海内，著名大书法家王羲之少年时曾拜其门下，学习书法。她教给王羲之三个笔画："点如高峰坠石"，理解重量与速度；"横如千里阵云"，敞开大气胸怀；"竖如万岁枯藤"，懂得强韧坚持。

看来，卫夫人在教书法的同时，也教做人的道理啊。

一本《世说新语》，写尽当时上流社会男性的风采，也透露出那时上流社会女子的许多信息。

陶侃的母亲面对儿子送来的一罐腌鱼，非常生气：汝为吏，以官物见饷，非唯不益，乃增吾忧也。陶侃终成一代名臣，这与母亲的教育分不开。

庾希被桓温诛杀，弟弟庾友也受到牵连。庾友妻子听闻消息，赤着脚赶往桓温府中，哭喊着让桓温放人。夫妻本是同林鸟，大难来时共命运。

王羲之家很势利，见到谢安家的人很慷慨，有什么珍藏都拿出来招待，见到地位低的人就比较随便，大大咧咧。有一次王羲之夫人对自己的两个兄弟说道："王家见二谢，倾筐倒庋；见汝辈来，平平尔。汝可无烦往复。"

谢安的夫人刘氏很会享乐，经常让歌伎在堂上表演歌舞，谢安公干之余，刘氏只让他看一小会儿，谢安不过瘾，要求再看会儿。刘氏严肃地说：多看会损害你的美德。家有贤妻，夫不遭横祸。

车骑将军桓冲不喜欢穿新衣，其夫人说：衣不经新，何由得故。桓冲觉得很有道理。

有贤媛，当然也有愚妇。

王衍也是东晋一位大名士，他的夫人虽说出身名门，但贪浊之心举世无匹，家里堆满了钱，还经常让婢女去路上挑粪。王衍的弟弟王澄那时十四五岁，劝嫂嫂不要再这样做。嫂嫂听了大为气愤："昔夫人临终，以小郎嘱新妇，不以新妇嘱小郎。"抓住小叔子就要打他棍子。还好王澄力气大，挣脱了嫂子的毒手跳窗而逃。

"漂亮者生存"这话不假，现代社会有的是先例，但漂亮者如不修内在，则生存的时间可能不长。而那些无漂亮外貌可依傍的女子，注重德才双修，便是可以青史留名的。

郎才女貌，是社会长期形成的审美习惯，可魏晋人一反常情，"玉树临风""玉山倾倒""貌若潘安""看杀卫玠"，对男人经常以貌取人，对女人的观点却很开放，皮囊之外，更欣赏的是妇女的才情和气质。

这应该也是"大抵南朝皆旷达，可怜东晋最风流"的依据之一吧。

渔浦江山天下稀

钱塘江南岸多的是渡口，有名的，渔浦渡算一个，再就是西陵渡。

只说渔浦渡。

渔浦，又名范浦，位于湘湖西南，为六朝时重要津渡。

渔浦渡不是一般的渡口。

"六朝以上人，不闻西湖好。"袁宏道此语，把西湖的闻名时间，定格在六朝之后，也就是三国两晋南北朝之后。而"渔浦"之名最早见于晋人记载，《文选注》引西晋顾夷《吴郡记》："富春东三十里有渔浦。"如此说来，则"渔浦渡"出名当比西湖早许多。

距离顾夷点出"渔浦"之名没多久，"渔浦渡"三字开始频繁出现在六朝时期文人笔下。

中国的山水诗，起源于浙江永嘉的楠溪江上，以一个叫谢灵运的古人的创作为滥觞。

公元422年，南朝宋时期的贵族谢灵运被排挤出朝廷，到蛮荒的浙南山区当一名永嘉太守。

那年春天，谢灵运辞别京城的亲朋好友，坐船由长江入吴淞口转钱塘江，途经始宁、富春江、桐庐，最后由青田溪而入永嘉。从开始的愤懑，到最后的平静，山水之美功不可没。他一路游赏，一路思索，一路赋诗，留下了诸如《过始宁墅》《富春渚》《初往新安至桐庐口》《七里濑》等山水诗篇。这一首首描绘山水景色的美丽诗篇，是谢灵运脱离了尔虞我诈的朝廷生活，抛开了将军宰相的各种梦想，心灵得到充分自由后的力作。历史证明，此时似乎被放逐的康乐公谢灵运，正渐渐走向中国山水诗的开山鼻祖之位。

如果把六朝时诞生的中国山水诗当成一幅长卷，此长卷最初的一笔当从渔浦开始。

古时钱塘江作为一道不可逾越的天堑，成了吴越两国的天然屏障，江南江北，别有天地，正如乾隆诗中所写的那样，"一江吴越分疆界"。谢灵运被朝廷放逐，其内心之骄傲与愤懑促使他远离刘宋政治舞台而倾心山水自然之地。随着山野渐阔春色渐深，山水美景带给心灵以慰藉，激发了他生命中潜藏着的文思、诗思，而钱塘江南岸的渔浦渡则成了他与旧朝廷分离的一个标志性地名。

"宵济渔浦潭，且及富春郭"，《富春渚》里的第一句，给人一种迫不及待的感觉，似可与杜甫"即从巴峡穿巫峡，便下襄阳下洛阳"相比。何也？急于远离朝廷的黑暗政治，投入山明水秀的大自然怀抱。诗中的"渔浦"不再是一个普通的津渡，而是谢灵运生命历程的一个节点。过去种种譬如昨日死，从渔浦出发，由富春而桐庐而青田，最后在永嘉太守任上，谢灵运被"封神"于中国山水诗祖师爷之位。钱塘江南岸的渔浦渡，帮助谢灵运完成了由政治而文学的命运大转折。而渔浦，也因了谢灵运的《富春渚》，从此被天下读书人记住。

这之后，谢家子弟接踵而至。循着他脚印而来的，还有当时的文坛大咖如江淹、丘迟、沈约诸人。一时间，"渔浦渡"成了六朝文人的"网红打卡地"。

"一种风流吾最爱，六朝人物晚唐诗"，大沼枕山是日本诗人，他对中国文化的了解可谓深入精到。自谢灵运以后，渔浦渡成了历代文人墨客歌吟流连之地。从六朝到清代的一千多年里，有二百四十多首古诗描述过渔浦这个地方。《全唐诗》收录的二千二百余位诗人中，有近四百人游览过浙东唐诗之路这条风景线，而这条风景线的一个重要源头，就是"渔浦渡"。

"自言长官如灵运，能使江山似永嘉。"苏轼耽玩山水的癖好不输谢灵运，"西兴渡口帆初落，渔浦山头日未攲"，辗转钱塘江南岸，每一个渡口都是那么迷人那么有意思。倒是陆游，一语点破其中道理："桐庐处处是新诗，渔浦江山天下稀。安得移家常住此，随潮入县伴潮归。"

好一句"渔浦江山天下稀"，仿佛一束高光，打在六朝开始成名的"渔浦渡"上。它身后，依次闪过孟浩然、钱起、潘阆、沈括、刘基、唐寅等不同时代的诗人，而领头的便是中国山水诗鼻祖谢灵运。在他的带动下，这支队伍在渔浦渡口登舟出发，入新昌、上天台、过永嘉，踏上一条可与丝绸之路媲美的诗歌之路。

小扣柴扉久不开

应怜屐齿印苍苔，小扣柴扉久不开。

春色满园关不住，一枝红杏出墙来。

叶绍翁那个时代还没有电话，更没有手机，他去拜访朋友纯粹就是碰运气，遇上了，算他运气好，没遇上，也不是啥大事。屋门虽然关着，但篱笆外面，桃花嫣然，红杏出墙，显见替主人殷勤留客之意。

那个时候，日子很慢，车马很慢，主客双方有的是时间，这次不遇，下次再来。

王子猷雪夜访戴安道，见与不见，只在一个"兴"字。兴起而往，兴尽而返，并不管戴知道不知道。

一

李白却不这样想。

"五岳寻仙不辞远，一生好入名山游"，这次，他要去看望道士戴天山。当然，他出发的时候，戴道士并不知情。

李白就这样不管不顾地出发了。他就是这样一个冲动的诗人，想当年，他从安陆出发去太白山拜访玉真公主，也是这样贸然前往，玉真公主当然不会在原地等他，早出门云游了。李白在苦苦等候几个月之后，怅然而返。

这次，李白对见到戴天山信心满满，以至这一路走来，山欢水笑。

"犬吠水声中，桃花带露浓。林深时见鹿，溪午不闻钟。野竹分青霭，飞泉挂碧峰。"耳濡目染，皆是喜悦，河那边的狗叫得那么欢悦，路边的野桃树在晨光里更显娇艳。山路越走越小，小到没有，深山幽谷自有洞天，那些大大小小的鹿、松鸡、狍子，总是被足音惊飞逃走，而人，也难免被它们吓一大跳。阳光在树林中跳跃，光与影的律动似水与风般默契。以前也走过这路，在溪的那头，原有一古寺，老僧皓须白发，视来客为有缘之人，施茶施饭。茶是野茶，饭是园蔬。今天老僧似是托钵出门，钟也不曾听见。走出山林，目光可以看得很远，那一丛茁壮的竹子仿佛要刺破头上的蓝天，对面山峰上的瀑布白练一挂，点破了青山无语，平添许多生意。

山花如笑靥，清溪似琴弦。

山路曲折，转过前面一个弯，就可以见到老道士了。

什么都可以问，什么都可以不问。

紫芝茯苓，青崖白鹿；春水烹茶，松花酿酒。

山中无日月，喝酒，对，只管喝酒，喝他个玉山倾颓。

说到酒，嘴里无来由生出一股口水。

恨不得一步跨到。

老远就开始嚷嚷：牛鼻子老道，快来迎接我谪仙人啊。

声音在山谷间回荡，嗡嗡，嗡嗡。

并无回应。主人不在家。

谁也不知道他去了哪里，谁也不知道他几时回来。

戴天山，你个臭道士，你说你去哪儿啦？你居然不知道我李白今天要来看你吗？岂有此理！

"无人知所去，愁倚两三松。"

天色渐暗，戴道士家门口的松树下，满身酒气的李白躺在青石板上，呼呼大睡。旁边，一双白鹤在悠闲踱步。

二

羽扇纶巾？那是诸葛亮与周瑜，成竹在胸，悠闲潇洒，谈笑间，曹操的水军顿时灰飞烟灭。这会儿贾岛对自己的行头没有任何关注，竹杖芒鞋之外，那一只所谓诗囊，就是他全部的家当。任风急天高、山猿哀泣、山路崎岖、崖岸高峻，都不能阻挡他求仙问道的决心。不忘初心，方得始终。他懂这个道理。

许许多多的读书人都在长安道上奔走，晨鸡声中出门，板桥霜上夜归，早拜达官，夜谒名流，求功求名求利禄。

只有他这个寒酸的诗人，却是反其道而行之。从长安出发，朝着秦岭的莽莽大山奔赴。"世人都晓神仙好，唯有功名忘不了"，有些人借求仙问道这一终南捷径，来达到做官做宰的目的，贾岛不是那样的人。这一路急急奔走，不为红尘中的浮名功利，只为那神龙见首不见尾的隐者，或者说仙人。长安城里说起这位隐士，人人心向往之，个个叫好不绝，看他就是个下凡的神仙，道骨仙风不说，还悬壶济世普度众生。

灵芝生于绝壁，荷花出于淤泥。贾岛对这位隐者有十二万分的好感，恨不得一步拜倒在地，告诉对方他的心愿：求收留！

行行重行行。这一路跋山涉水，这一路风餐露宿，这一路希望在前。

天生一个仙人洞。石壁布满苔藓，当庭两株参天巨松。

洞内药锄丹炉，洞外松风鹤唳。

该有的都有，就是没有人。

老神仙在哪？仙鹤无语，闲庭信步。

不死心，朝更远的峰峦呼喊："老——神——仙！"

山鸣谷应："老——神——仙！"

"哧溜"一声，一个七八岁的童子从树上滑下来，把来访的诗人吓一大跳。

"你找我师父？"贾岛连连点头。

"看，我师父在那边。"童子伸手指向远方。

顺着他手指的方向，蓝天辽阔，青山层叠，白云朵朵，长风浩浩。

"松下问童子，言师采药去。只在此山中，云深不知处。"

他随身带的布囊里，此刻又多了一首诗。

相遇别离惊拭泪

"独在异乡为异客，每逢佳节倍思亲。"一千多年前的一个秋天，王维站在大唐首都某一座山上，替从此以后一代又一代远离故乡的人们写下这两句诗，表达他们内心深处那汹涌澎湃却又无法言明的情感。

十四个简简单单的汉字，被一个十七岁的少年排列在一起，从此，一曲骊歌以大唐为圆心，波纹一圈圈扩散，穿越时空，响彻苍穹。

读唐诗，就爱它明白如话又深情难遏。

人心相通，亲情无价。

哲人说，人与芦苇唯一的不同，在于人可以从此处移向彼处，而芦苇不能。

换句话说，人注定要漂泊，漂泊如浮萍。

萍踪浪迹，这是人的宿命。

花落水流，雨打芭蕉，雁阵惊寒，雪压荒径，宿命归宿命，对故乡的思念像小鼠般从心底窜过，啮人。

假如，在陌生的他乡，突然听到熟悉的乡音，突然吃到久违的土菜，你会有怎样的表现？是高兴，是伤感，还是兼而有之？设想一下，在遥远的异乡，偶遇一位同乡人，那时，你可能会高兴得不知所措，你可能会激动得泪流满面，或者，你可能连话都说不完整了，以致别人以为你冷漠，以为你无情。殊不知在这冷漠无情的表象下，是即将喷涌的乡情。

我不知道你会怎么样，但我知道诗人们会怎么样。

有人茫然无措。

"十年离乱后，长大一相逢。问姓惊初见，称名忆旧容。"唐代诗人李益离乡十年，对亲友的面目已记不清楚了，对自己的表弟毫无印象，乍见之下，还以为是路人甲，待问清姓名还原细节之后，最终才拼凑起完整的面容，拼凑起尘封的往事。"别来沧海事，语罢暮天钟。明日巴陵道，秋山又几重。"亲人之间长期音信阻隔，存亡未卜，阔别多年，相遇后又匆匆别离，先惊后喜再继以惆怅茫然。十年才得一见，一见之后又要分离，想要再次会面，不知何年何月啊。李益与表弟中道相逢相别，仿佛是一场梦。

有人激动得失控。

"衰宗多弟侄，若个赏池台。旧园今在否，新树也应栽。柳行疏密布，茅斋宽窄裁。经移何处竹，别种几株梅。渠当无绝水，石计总生苔。院果谁先熟，林花那后开。"唐人王绩在外地邂逅乡邻，拉着他人不让走了。就这样当街拦着，问个萝卜不生根，连珠炮一般，问子侄，问茅屋，问花柳果木，问渠水石苔，唱一出有问无答的独角戏。这林林总总啰啰唆唆散漫无边的询问，透着焦虑，透着关切，透着对故土念念不忘的爱，一千几百年后的今天，你仍旧能遇到，仍旧能体会。

我的邻居奶奶来自七十里外的乡村，有一天在楼下偶遇一位收废品的老乡，那叫一个亲热啊，拉着人家的车不让走，一定要留人吃饭。上楼的过程中，老太太比王绩问得更多：村东桂花嫂家今年下了几个猪崽；独腿的老木做没做八十大寿；听说柱子买彩票中了大奖，到底是一等奖还是二等奖；今年庙会请的戏班子是富阳的还是绍兴的。老乡走很远了，奶奶还在叮叮：常来啊，一定要常来啊。

有人说王绩这诗写得不好，啰里啰唆，没个重点，问了这许多，等于白问。要我说，虽然重点不突出，但却是真实心情的流露，可以理解。

小草恋山，野人怀土。故乡是羁旅之人永久的向往。

就算高洁如陶潜，可以不为五斗米折腰，也会在故人面前失态。

"尔从山中来，早晚发天目。我屋南山下，今生几丛菊。蔷薇叶已抽，秋兰气当馥。"这首《问来使》，问的事情也不少：菊花长了几丛，蔷薇长了叶子没有，兰花的香气有没有闻到。陶渊明不啰唆吗？当然啰唆啊。但陶渊明比王绩高明的地方在于：他不问俗世的柴米油盐，问的是象征美好精神的菊花与兰花。花中四君子，岁寒三友，那些梅兰竹菊之类，在国人心目中，早已超出了它们作为植物的地位，"清气满乾坤"。

王绩问来人，突出了一个士人的"世情"与"俗情"，就像千载之后，你我在街头偶遇，谈的就是家长里短，问的就是儿女婚事父母安康这一类内容。

陶渊明问来人，突出了他作为隐士的"出世"之情与"高洁"之态。但是，与隐士这个头衔相比，五柳先生更以"饮者"出名，所以，在请教一众问题之后，五柳先生曲终奏雅，言归正传："归去来山中，山中酒应熟。"等我再回到山中，酒应该酿好了吧。呵呵，花间一壶酒，五柳先生最为念想的，还是东篱把酒黄昏后啊。

有人淡然超脱。

"君自故乡来，应知故乡事。来日绮窗前，寒梅著花未。"王维在这首《杂诗》中，啥都不问，只问他家窗前那株梅花开了没有。

诗佛用高超的艺术造诣，把怀乡恋乡的千言万语浓缩进一树梅花之上。王维少年时光就漂泊异乡，曾被思乡之情噬啮得体无完肤，十七岁那年重阳，独自登高，望家乡山远水迢，只好把一腔思念之情诉诸笔端，写下千古流芳的《九月九日忆山东兄弟》。流年似水，青春如风，百味杂陈的人生经历，锻炼了或者说麻木了心田柔软的一隅，似乎忘记了来处，反认他乡是故乡了。

"来日绮窗前，寒梅著花未。"怎么可能忘了来处忘了故乡！故乡窗前那一抹淡淡的梅香，永远萦绕在心间。

幸有许宗两夫人

　　唐代大诗人李白，天宝元年（742）接天子诏入京，经历了御手调羹、殿前走马、力士脱靴、贵妃捧砚的高光时刻，风头劲爆，一时无二，只是不到两年便被"赐金放还"，一腔报国热忱无处安放，寻寻觅觅，"安史之乱"时误入永王李璘的"讨逆破胡"队伍，最后被当局定罪为"附逆作乱"，落得个流放夜郎的下场。这以后，他任侠报国之心彻底消散，开始游历名山，慕仙求道，死后归葬安徽当涂青林山。

　　李白在政治上是失意的，他以国士自诩，而天子只当他是文士。事实上，李白在政治上也确实只能算是小白，他对政治的错综复杂毫无认识，以致最后成了李唐王室兄弟阋墙的陪葬品，肃宗李亨杀死永王李璘，李白被牵连入狱，最后被流放夜郎，中途被营救放还，幸得不死。北归之时李白写下《早发白帝城》："朝辞白帝彩云间，千里江陵一日还。两岸猿声啼不住，轻舟已过万重山。"那一种劫后余生的喜悦，千载之后犹能感动读者。

所幸，政治的失意，只是让中国少了一个三四流的政治家，而诗坛上的李白，却为中国乃至世界留下了最宝贵的财富。

李白确实是中国文学史上最闪亮的那一颗星星，他的那些诗文，不仅是中华民族的宝贵财富，同样也是世界文化宝库中的璀璨明珠。"英雄心魄神仙骨"，清代评论家抓住李白诗歌当中最闪光的特征，用这七个字归纳其贯穿始终的主基调，可谓一语中的。所谓"英雄心魄"，指的是李白诗中那些豪迈壮阔、任侠仗义、报效国家、造福苍生的内容，"神仙骨"则是指那些好道慕仙的诗篇，"心爱名山游，心随名山远"。

李白一生似乎都在外面奔波游走，不是在干谒权贵推杯换盏，就是在呼朋引伴入山访道，似乎是个没有家室的游荡汉。事实上，李白有家有室，还有孩子，长女平阳、小儿伯禽都在他的诗里面留下鲜活的影像。他先后娶过的两位夫人，都是相门之后。

李白第一次婚姻，开始于他青年时代出蜀后不久。公元727年（开元十五年），李白在安陆这里，被许圉师家招为孙女婿。许圉师曾经是高宗时期的左相，看中李白的才华。李白与许夫人在安陆一起生活了十年，诞育一双儿女，直到736年许夫人去世。这位许夫人贤淑内敛，在李白外出游历不着家的情况下，独自抚养两个孩子。当时李白前往华山玉真公主处自荐，不巧玉真公主外出云游，一直不见还山，李白一腔报国激情郁积于内，只得怏怏回到安陆。

一心仕进的李白对许夫人的操劳不闻不问，还要许夫人对他宽慰譬解。李白向以诗才自负，回家只是中途歇脚而已，某次诗潮涌来，作了一首《长相思》，并当场向许夫人吟诵自己的诗句：不信妾断肠，归来看取明镜前。

许夫人听后，马上以武则天《如意娘》诗句提醒："君不闻武后诗乎：不信比来常下泪，开箱验取石榴裙。"李白当时就"爽然若失"了。

可惜天不假年，这位为李白带来丰厚嫁妆与一双儿女的大家闺秀，终因操劳过度，在婚后第十年溘然长逝。从此，李白一身除了诗酒，还得承担养育子女的责任。

幸好，他找到了托付子女的东鲁女子，再后来，又娶了另一位相门孙女宗夫人。

宗夫人祖父叫宗楚客，是"则天从姐子"，曾经三次拜相，后因卷入韦后之乱被杀。瘦死的骆驼比马大，宗氏家族的影响力仍旧广大。宗夫人与许夫人一样有才，在李白远游和流放时经常与其诗歌唱和、书信往返，这在李白诗集中屡可见到。难得的是宗夫人比李白更有胆识，在李白加入永王李璘队伍之时，就持反对意见阻止，而李白却认为这次入幕一定能完成自己报国家济苍生的夙愿，"为君谈笑静胡沙"。李白有《别内赴征三首》，其第二首写道："出门妻子强牵衣，问我西行几日归。归时倘佩黄金印，莫见苏秦不下机。"李白在这里用战国时期苏秦佩戴六国相印家人跪迎的典故，明确表达宗氏夫人是反对他去永王那里猎取什么"黄金印"的。果然不出宗夫人所料，李白最后不但没有得到黄金印，竟连生命也岌岌可危。这时候，宗夫人像东汉末年的蔡文姬一样，为挽救落难的李白多方奔走，冒死相求。"闻难知恸哭，行啼入府中。多君同蔡琰，流泪请曹公"，李白想象中的宗氏夫人，在听到他被下狱时，是这样一种情景：初初的悲伤之后，则是想方设法营救，让他早日脱离苦海。诗中充满了对宗夫人的感激与赞赏之情。

男人的成功，离不开身后女人的支持。豪迈大气如李白，也感恩为他付出的夫人，他诗集中有许多"寄内"诗，有对妻子抱愧歉疚的，有对妻子感激的，有对家人怀念的，林林总总，不胜枚举，却语句朴实，感情真挚，彰显出这位伟大诗人丰富的内心世界。

一报一报还一报

似乎，才刚写下"浪花有意千重雪，桃花无言一队春。一壶酒，一竿身，快活如侬有几人"。

似乎，才刚组织了一场晚会。"晚妆初了明肌雪，春殿嫔娥鱼贯列。笙箫吹断水云间，重按霓裳歌遍彻。临风谁更飘香屑，醉拍阑干情味切。归时休放烛花红，待踏马蹄清夜月。"

怎么，一夜之间全变了？

公元975年，大宋朝开宝八年，南唐国都金陵城被宋军攻陷，南唐灭亡，三十九岁的后主李煜，成了宋朝的俘虏、降王，被迫来到开封。五年后的980年，李煜被宋太宗赵光义用药毒死。

王国维说："尼采谓一切文字，余爱以血书者，后主之词，真所谓以血书者也。"李煜被俘后的词作，基本都是这样的绝望之作，同样也是不朽之作。

四十年来家国，三千里地山河。凤阁龙楼连霄汉，玉树琼枝作烟萝，几曾识干戈？　一旦归为臣虏，沈腰潘鬓消磨。最是仓皇辞庙日，教坊犹奏别离歌，垂泪对宫娥。

——《破阵子》

人生愁恨何能免，销魂独我情何限！故国梦重归，觉来双泪垂。　高楼谁与上？长记秋晴望。往事已成空，还如一梦中。

——《子夜歌》

帘外雨潺潺，春意阑珊。罗衾不耐五更寒。梦里不知身是客，一晌贪欢。　独自莫凭栏，无限江山，别时容易见时难。流水落花春去也，天上人间。

——《浪淘沙令》

唐圭璋《唐宋词简释》中说："水流尽矣，花落尽矣，春归去矣，而人亦将亡矣。将四种了语，并合一处作结，肝肠断绝，遗恨千古。"

前半生帝王，后半生囚犯，最后在宋朝的帝都死于非命，李煜的悲惨遭遇堪称空前。一百四十几年之后，宋朝皇帝复制了李后主的悲剧，甚至有过之而无不及。

公元1127年，北宋都城汴京被破，宋徽宗宋钦宗两代帝王被金兵掳去，重现了李煜笔下"最是仓皇辞庙日"的情景，最后徽宗父子死在了金朝的五国城，北宋灭亡。

从大宋境内的开封、相州、邢州、正定到大金的燕京，一路向北，经过内蒙古赤峰、黑龙江阿城、吉林梨树，最后到了黑龙江依兰，北宋的两代皇帝整整走了三年。三年中，徽宗的儿子们，在路上不断倒下，女儿和儿媳全部没入金营。

在邢州，他的弟弟燕王赵俣饿死，没有棺木，尸体只能放在马槽里。因为马槽太短，弟弟双脚露在外面。就地火化后，他一直抱着弟弟的骨灰，嘴里喃喃自语"吾行且相及"。在韩州，他又失去了另外一个弟弟越王赵偲和弟媳。

出发时成千上万人的赵宋宗室俘虏队伍，三年后到金上京时所剩无几。他们以十人一马的低廉价格，被卖到党项、蒙古等地为奴。曾经的金枝玉叶，尽没为奴婢。"每人一月支稗子五斗，令自舂为米，得一斗八升，用为糇粮。岁支麻五把，令绩为裘，此外更无一钱一帛之入。男子不能绩者，则终岁裸体……任其生死，视如草芥。"

法国作家缪塞说：最美的诗歌是最绝望的诗歌，有些不朽的篇章是纯粹的眼泪。李煜如此，宋徽宗赵佶也是如此。

> 九叶鸿基一旦休，猖狂不听直臣谋。
> 甘心万里为降虏，故国悲凉玉殿秋。

像南唐后主李煜一样苟且地活着，无望地等待着。

> 彻夜西风撼破扉，萧条孤馆一灯微。
> 家山回首三千里，目断天南无雁飞。

　　玉京曾忆旧繁华，万里帝王家。琼林玉殿，朝喧弦管，暮列笙琶。　　　花城人去今萧索，春梦绕胡沙。家山何处，忍听羌笛，吹彻梅花。

　　绍兴五年（1135）四月甲子，赵佶崩于五国城。他临死时希望被安葬于大宋的愿望没有实现。

　　七年后的绍兴十二年，宋金和议成功，赵佶等人的灵柩，随着韦太后一起归葬于绍兴。魂归故土的赵佶并不知道，他自己死后的庙号是"徽"。"徽"字有两个意思：作名词时，指琴上的三根弦，引申为抚琴；作动词时，指束缚、捆绑。徽宗就是一个双臂被捆绑着的抚琴者，何等的形象啊。从这点上说，赵佶比李煜更为屈辱。

　　赵佶之后，也有帝王遭受过这样的屈辱，甚至连皇室的姓氏都湮灭在荒草丛中。

　　公元1234年，金国在蒙古和南宋军队的合力进攻下覆亡。一百年前靖康之难时，以北宋徽钦二帝为首的几乎所有赵氏皇族被金军押赴北国，受尽屈辱，只有后来的逃跑皇帝赵构因外派差事而侥幸逃过一劫。正所谓"天道好轮回"，金国皇族在金灭亡时也遭受了同样的命运。

　　蒙古大汗窝阔台下令，灭金之后，"唯完颜一族不赦"。金国第九位皇帝金哀宗完颜守绪在汴京城破之前，只带着少数亲信出逃蔡州，完颜家族从皇太后开始，宗室后妃都被作为"见面礼"孝敬给了蒙古王爷。完颜全部近支宗室，都被斩杀，剩余的远支皇族，以及皇太后和皇后在内的全部女眷，像一百年前的北宋宗室一样，在蒙军的押送下被移至蒙古草原。据史书记载，这些皇族"在道艰楚万状，尤甚于徽钦之时"。若不是耶律楚材的劝谏，汴京即遭蒙古大军屠城。经此一劫，完颜一族人口锐减。金亡之后，虎口余生的完颜一族要么隐居起来，要么改名换姓。现在姓王、陈、汪、鄠、完、颜、苑等的人，其中有许多就是当年完颜氏的后人。

在历史的洪流中，个体命运的遭遇总让后人唏嘘不已，为政者唯有借鉴历史故事，方能避免重蹈覆辙。

不忘初心，方得始终。

好官便是用心做

　　《聊斋志异》是人们喜闻乐见的一部短篇小说集，许多篇章被改编成电影电视剧。作者蒲松龄，字留仙，别号柳泉居士，一生穷困潦倒，虽有才华，但屡试不第，忧闷之余，另寻发泄之途，把心中的愤懑诉诸笔端，借花妖狐鬼，创作出一部揭露社会吏治腐败的警世小说。"写鬼写妖高人一等，刺贪刺虐入木三分。"这是郭沫若先生对《聊斋志异》的评价，确实切中肯綮，深得精髓。

　　翻开《聊斋志异》，你会看到人情冷暖世态炎凉：官场里，为官做宰的草菅人命，敲剥百姓；社会上，豪门大族鱼肉乡里，横行不法；家庭中，悍妻妒妾钩心斗角，狠兄奸弟你争我夺。就连阴司的阎王鬼卒，也是这副嘴脸，阴间与阳间完全是一个模样。蒲松龄把"贪""虐"这两个当时社会的痛点掐得又精又准，把人性中的"恶"彻底揭露。

　　《席方平》写的是人间恶霸欺凌弱者、阴间鬼卒助纣为虐的黑暗；《冤狱》写的是昏官不问情由胡乱判案草菅人命的黑暗;《鸮鸟》写的是县令公然为盗抢夺商旅骡马的黑暗……蒲松龄笔下的人间黑暗，已经浓重到撕裂不开的程度。

整部作品读下来，那些公正清廉、断案明晰、爱民如子的官员，就像沙漠里的一脉细流，铁屋子里的一扇窗户，让底层百姓得以苟延残喘，闪耀着一线细微的光亮。《折狱》一篇，一对农民夫妻，一个被杀一个自杀，县令费祎祉并没有株连邻里村民，而是慎重其事，"随在留心"，最后把真正的凶手缉拿归案。《胭脂》一文，施愚山推翻了两任官员的判决，最终还清白于鄂生、胭脂、宿介、王氏，把凶手毛大绳之以法。特别是《于中丞》这一篇，作者热情歌颂主人公于成龙，写活了一个仁心与智慧并重的父母官形象。

于成龙历仕明清两朝，为官简陋自奉，被康熙皇帝称为"古今第一廉吏"。他是成语"立檄拒礼"的主人公。康熙十九年（1680），于成龙改任直隶巡抚。大名县县官遵循旧习，在中秋节前给他送了一份"中秋礼"。于成龙严词拒收，还特地颁布了《严禁馈赠檄》，通报了大名县县官的送礼行为，并明令所属官员，今后如果发现逢年私送者，"决不宽恕"。

为官清廉，为政简静。于成龙在每一地做官时都喜欢微服私访，审案时缜密推理，因而在他任内发生的案件都能明白告破。蒲松龄在小说中记述了两桩案件。第一桩，于成龙巡视到高邮这个地方，正碰上当地大户嫁女之夜嫁妆被盗，地方官员束手无策，案件得不到有效侦破。于成龙用了两招：第一招，只开一处城门供老百姓进出；第二招，贴告示通知老百姓，各回各家，官府要在城里进行大搜查。暗地里让守城士兵注意那些进出频繁的人，一旦发现，立即捉拿。不久，果然抓到两个偷嫁妆的盗贼。第二件事发生在顺治年间，于成龙在广西罗城县当知县，某天微服私访，"见二人以床舁病人，覆大被；枕上露发，发上簪凤钗一股，侧眠床上。有三四健男夹随之，时更番以手拥被，令压身底，似恐风入。少顷，息肩路侧，又使二人更相为荷"。于公见此情状，没有泛泛而视，走得很远了，还"遣隶回问之"，派随从回去询问。对方说，妹子回娘家后得了病，现在送她回夫家去。这个回答没有破绽，但于成龙总觉得哪里有毛病。"公行二三里，又遣隶回，视其所入何村。"随从明白他的意思，一直尾随，看那些人进入村庄，病床停在一户人家门口，两个大男人等着他们。

于成龙听了随从的报告，结合自己看到的现象，推断出这些人非盗即寇。事实证明，这个推理是正确的，城里果然有位富户家被盗窃，且富户本人也被贼人"炮烙而死"。于成龙立即派人查处，到了指定地点，八名盗贼一举被抓，其中就有一个扮作病人的妓女。有人问于成龙是怎样破的案，于成龙说了一个又一个疑点：女病人的床好像很重；男人的手随便插入病人的被里；女病人回家，迎接的却是男人……

"智者不必仁，而仁者则必智。盖用心苦则机关出也。随在留心之言，可以教天下之宰民社者矣。"在作者看来，一个好官，首要的是有"仁心"，有仁心的人，能设身处地，能推己及人，真正做到老吾老幼吾幼，这才是百姓的父母官。在他眼里，于成龙就是这样一个有仁心与智慧的好官。在众多贪虐的官虎吏狼中，于成龙就是百姓的守护神。

蒲松龄生活在封建社会的底层。官蠹吏侵、民不聊生，幸好还有那些虚幻的花妖狐仙可以寄托，但"蒲松龄们"更期盼的是费祎祉、施愚山、于成龙这样有仁心的官员。我想，这就是蒲留仙写下这些故事的初衷吧。

家有老人胜珍宝

"家有一老，如有一宝。"这是民间百姓常挂在嘴边的话。你想，年轻人面对纷繁复杂的现实环境，哪有不手忙脚乱的，就算家里添一小孩子，也像是兵临城下，以致焦头烂额，四处求救：婆婆快来，岳母快来。如若不来，则家将不家矣。老年人经的事多，日光下面无新事，只不过是换了名称而已，所以你如临大敌的现状，他们却能一眼看穿那葫芦里的药。闲来翻看《红楼梦》，看到最后，除了"金陵十二钗"，竟还发现三位鸡皮鹤发的"老太君"呢。

哪三位？头一个当然是史太君贾母。这位"享福"的人出身高门大户，"阿房宫三百里，住不下金陵一个史"，贾母是史家大小姐，嫁给荣国公贾源的长子贾代善，从媳妇做起，一直到自己有重孙媳妇，入住贾府数十年，其间的经历，可说是跌宕起伏。要说她内心的强大，那是杠杠滴。只要看她在贾府被抄家的紧要关头所表现出的沉静，那一副中流砥柱的沉稳样子，你就能体会武林盛传的"四两拨千斤"了。元妃死了，贾府被抄家，贾政、贾珍、王熙凤一干实权派人马，充军的充军，坐牢的坐牢，真正是"树倒猢狲散"。这个时候，平时养尊处优只知吃喝玩乐的史太君非但没有被吓倒，相反，气昂昂地站出来啦。"散余资贾母明大义"，她把自己的陪嫁和数十年做媳妇积攒的老本"开箱倒笼"，通通翻出来，给谁多少她都有理智明晰的安排，至于贾府在外面欠下的债，她吩咐贾政道："你叫拿这金子变卖偿还"。诸事完毕，她说了下面一番话：你们别打量我是享得富贵受不得贫穷的人哪，不过这几年看着你们轰轰烈烈，我落得都不管，说说笑笑，养身子罢了……如今借此正好收敛，守住这个门头，不然，叫人笑话你。

临危不惧，从容化解，贾母作为大家长的睿智与承担，在这段文字里尽情显现，更让人敬佩的是，她还为失势的贾府筹划未来，告诫子孙后代要"收敛"，要"守住这个门头"，按现在时髦的说法，就叫"顶层设计"。谁说老年人昏聩糊涂？一个耄耋之年的贾母胜过多少须眉红颜。

也许有人会说，贾母是史侯家的大小姐，从小知书达理，这种做派只是特例，没有可比性。

那么我再说第二个老太太，她家境一般，仆人出身，与贾母并不在一个档次，却照样深明大义。

赖嬷嬷是服侍过贾母的下人，她、她的丈夫和儿子两代人都在贾府帮佣。赖嬷嬷是一个上了年岁的老嬷嬷，但在贾府很受尊敬，有一定的话语权。这倒不是说贾府有多么宽容，与她同一级别的王善保家的照样被三小姐探春打脸。实在是赖嬷嬷懂世情识时务，这不只在于她会察言观色、话术高明，也不只在于她持家有道，依靠贾府这棵大树把自家小日子过得红红火火，把自己也弄得像个老封君。她的智慧主要体现在教育子孙后代上，有识见、有胆魄。她的儿子赖大是贾府的总管，也算是有身份的人，胡子一大把，却总是被赖嬷嬷教训，为啥？为的是掐灭孙子不学好的苗头。"养不教父之过"，赖大事多，对儿子赖尚荣疏于教育，赖嬷嬷可精着呢，孙子是赖家的人，得管，但不像宁府的贾珍一样瞎管，管得"着三不着两，自己也不管一管自己"。赖嬷嬷心明眼亮，她老早看出来了，贾珍这样的人自己不学好，管儿子也管不好。还有宝玉，贾母的心肝肉儿，也不是个好的坯子。看清了这一点，她怀着对主子的关心，指着宝玉倚老卖老地说：不怕你嫌弃我，你啊，就欠你爹收拾。别看赖嬷嬷没贾母那样有文化，可这老太太的"顶层设计"一点不输史太君：咱们赖家啊，不能世世代代做人奴仆啊，得站起来做主子啊。所以，她没让孙子再进贾府当差，从小供他读四书五经，读好了，借贾府的关系，花钱捐了个县官。古时候有句话，叫"灭门的县官"，这官的责任可不小……赖尚荣临上任，赖嬷嬷还给他上紧箍咒哩，字字血声声泪，痛说革命家史："你哪里知道那奴才两字怎么写？只知道享福，也不知你爷爷和你老子受的那苦恼，熬了两三辈子，好容易挣出你这个东西。"小子，你得明白自己几斤几两啊，别人模狗样的就忘了来处，要好好争气，"县官虽小，事情却大，为那一处的州官，就是那一方的父母，你不安分守己，尽忠报国，孝敬主子，只怕天也不容你"。

家里有这样一个老太太，啥宝贝比得上呢。

也许你又会说，近朱者赤啊，那赖嬷嬷做的是贾府的仆人，宰相门客七品官，像那经学家郑玄，家里的丫头一张嘴就是之乎者也的，环境使然，没有普遍意义。

那么，刘姥姥了解一下吧。

刘姥姥可说是底层农民的典型代表。

这位王狗儿的丈母娘，眼看着全家人都要吃不上饭，只好怂恿女婿去找本没有任何血缘关系只是偶然联了宗的王家小姐——王夫人和王熙凤——打打秋风。富人的汗毛粗过穷人的腰，说不定就成了呢。无奈这女婿不肯出门，刘姥姥只好带着外孙出马了。到了荣国府门口，一群仆人趾高气扬地把她轰得远远的。刘姥姥没有被吓到，脑子一转，想出一计，去找了王夫人的陪房周瑞家的。这老太太门儿清，知道谁能说上话。周瑞家的领她见到了王熙凤，虽说人家爱理不理的，可毕竟一出手就给了二十两银子。我的天老爷，这出手，可把刘姥姥惊喜坏了。这正跟现在有人嘚瑟的那样：本只想讨一朵春花，哪料想人家给的是一整个花园呢。小户人家，有这二十两银子还有啥不能办的，再加上平儿袭人给的衣服啥的，刘姥姥收获满满，欢天喜地地离去了。现代人总把偶然性当成必然性，把特殊性当成普遍性：买彩票中了小奖，就觉得大奖在前等着；某个平台投资回报高，就一股脑儿押宝在那里。呆子掘荸荠，惯常的守株待兔，岂不知此一时彼一时。第一次打秋风成功，刘姥姥一家渡过了艰难时期，感恩的她第二次再进贾府时，带来了庄稼地里出产的时鲜货让贾府众人尝鲜，在大观园

里面陪贾母开心。虽说明知那里的小姐们把她当成女清客，也一样配合她们把戏演好，叫她说，她就说得滑稽，叫她演，她就演得夸张，头上插满鲜花，扎手舞脚。一句"老刘老刘，食量大如牛，吃个老母猪，不抬头"，不要说贾府众小姐们笑得肚子疼，我们读到这里也是笑不可抑。

我有个朋友经常说一句话，叫"聪明得一半，愚笨得一半"，是他小时候他外婆说给他听的，我现在越来越觉得有哲理。那个被林黛玉讥笑成"母蝗虫"的刘姥姥，心存感恩，自扮蠢傻，结果呢，好得很，不仅自己过上好日子，还在危急时刻帮助了贾府，救了王熙凤的女儿巧姐儿。生活的智慧，不就是让生活过得容易过得好吗。

《红楼梦》里，贾母、赖嬷嬷、刘姥姥这三位老太太，出身有高下，机遇不一样，贾母是天生富贵，赖嬷嬷是努力奋斗，刘姥姥是安贫知命，但是论起人生的智慧来，可以说是三足鼎立，各有千秋。

人生在世，生老病死在所难免。活着好，死掉了，难的是老去。眼花耳聋，腿脚不便，疾病缠身，但是经验与智慧却在与日俱增。年轻，谁都经过，但是，你老过吗？

易装而行女胜男

男人伟岸刚强，女人窈窕温柔，男人是崇山峻岭，女人是小溪清流。《周易》中，"天行健"特指男人，"地势坤"专指女人。可见在中国，男与女有天与地的区别，是阳与阴的迥异。

天地有时混沌，阴阳有时交合。男人的刚强，有时软成绕指柔，女人的柔媚，有时化作倚天剑。

民间对女扮男装很是欣赏，戏剧中经常有这样的桥段。"同行十二年，不知木兰是女郎。"北朝民歌《木兰辞》塑造了一个替父从军的花木兰形象，深入人心。陈端生在《再生缘》中塑造的女扮男装孟丽君形象，在舞台上常演不衰，就是明证。文人惯用"英姿飒爽""妩媚中透出英气"来赞美这一行为，民间百姓用"假小子"三字概括，取其活泼跃动之意，不仅形象上认同女扮男装，对女性身上的男儿性格也多持赞扬之态。如"至今思项羽，不肯过江东"的李清照，"身不得，男儿列，心却比，男儿烈""夜夜龙泉壁上鸣"的鉴湖女侠秋瑾，令无数人为之心折。

至于男扮女装，一般只见于舞台之上，如早先的京剧大师梅兰芳、程砚秋等。梅先生在《贵妃醉酒》里唱道："海岛冰轮初转腾，见玉兔，玉兔又早东升。"台下的戏迷朋友既迷醉其身段的袅娜妩媚，又沉浸于其唱腔的优美婉转，真正是如醉如痴。程派名剧《锁麟囊》中，薛湘灵以袖拭泪，一脸哀怨，唱一句"一霎时，把前情俱已昧尽，参透了酸辛处泪湿衣襟"，程先生把一个豪门贵妇落魄潦倒之后参透前因后果的形象刻画得惟妙惟肖。当今有个歌手叫李玉刚，在舞台上穿女装，用女调，唱一曲《梨花颂》："梨花开，春带雨，梨花落，春入泥。此生只为一人去，道他君王情也痴。情也痴。天生丽质难自弃，天生丽质难自弃，长恨一曲千古谜，长恨一曲千古思。"台下观众真有马嵬坡玉颜归来之感。

这都局限于舞台之上。

舞台上男生可以千娇百媚，但在生活中，男扮女装是要有勇气的，人们见了，就算表面上碍于礼貌不说，背后肯定讥为"有病""娘娘腔"之类。

"假小子"与"娘娘腔"，稍做分辨，就能体味出其中的褒贬。

与梨园行好有一比，中国古代的男诗人，也多惯作女儿娇态，秋波流转，百媚丛生。"妾发初覆额""贱妾守空房""一愿郎君千岁，二愿妾身长健"。诗里面妾啊妾的，其实都是男人写的。

最先以女儿态示人的，当数大诗人屈原。他写有长诗

《离骚》，开启中国古典诗歌浪漫主义先河。语文课本里选取《国殇》作范文："诚既勇兮又以武，终刚强兮不可凌。身既死兮神以灵，魂魄毅兮为鬼雄。"颂扬那些为国牺牲的楚国将士英灵不灭、永垂不朽，感动了一代又一代读者。

但他在作品中更多扮演的是女性角色。

"众女嫉余之蛾眉兮，谣诼谓余以善淫。"这是一群争风吃醋的女人中那个落败者的声音，哀婉悱恻，"揽茹蕙以掩涕兮，沾余襟之浪浪"，好一副女儿家楚楚可怜之态啊。

香草美人，是屈原经常在作品中拿来设喻取譬的。汉朝有一个叫王逸的读书人，归纳屈原作品的特点时指出：《离骚》之文，依《诗》取兴，引类譬喻，故善鸟香草，以配忠贞；恶禽臭物，以比谗佞；灵修美人，以媲于君；宓妃佚女，以譬贤臣；虬龙鸾凤，以托君子；飘风云霓，以为小人。王逸的意思是，屈原作女儿态，装女儿腔，并不是心理变态，只是一个比方，意在表明自己对楚怀王的忠贞。

李白是继屈原以后又一个伟大的诗人，"五花马，千金裘，呼儿将出换美酒，与尔同销万古愁"，喝酒喝得肝硬化，侠气骨气也杠杠滴，"安能摧眉折腰事权贵，使我不得开心颜"，可说是男人中的男人，但以女人的口吻写诗，并不比屈原逊色，那叫一个"超女"。"超女"这词是我生造的，就是超过女人。那首《长干行》，从"妾发初覆额……郎骑竹马来"开始，写到动情，写到新婚，写到丈夫远行出门做生意，把一个长干女子塑造得深情哀婉。"十四为君妇，羞颜未尝开，低头向暗壁，千唤不一回。十五始展眉，愿同尘与灰。"他自拟为长干那地儿的一个女子，与郎君从小青梅竹马，丈夫出门之后，做妻子的在家里了无生趣，一日三秋。"五月不可触，猿声天上哀""八月蝴蝶黄，双飞西园草""早晚下三巴，预将书报家。相迎不道远，直至长风沙"。"长风沙"是离长干好远的地方，她准备去那里等候。另一个叫张籍的诗人，更是千娇百媚梨花带雨："妾家高楼连苑起，良人执戟明光里。还君明珠双泪垂，恨不相逢未嫁时。"面对第三者的挑逗，张籍这个"妾"表现出了一种"他比你先到"的无奈与遗憾。现代诗人戴望舒的《雨巷》写道："撑着油纸伞/独自彷徨在悠长、悠长/又寂寥的雨巷……"何其芳的《季候病》写道："过了春又到了夏/我在暗暗地憔悴/迷漠地怀想着/不做声/也不流泪。"

从古到今，历朝历代都有这样的"变装诗会"，一概是男扮女装，表现得比女人还要女人。

当然，屈原仍是"哀民生之多艰"的爱国忠君之士，李白还是那个"仰天大笑出门去，我辈岂是蓬蒿人"的谪仙人。张籍也不改对唐王朝的一腔忠心，表达对同时代农民悲惨生活的深刻同情："西江贾客珠百斛，船中养犬长食肉。"

千古风范依稀见

五柳先生有底气

网上流行一个新词，叫"社畜"，指的是那种看老板眼色、替大家背锅、帮别人擦屁股的员工。用"社畜"自己的话说，这真是"生无可恋"的人生，但只能坚持下去，要不然，离了这地儿，去新单位不仅要从头再来，过的还是同样的日子，起得比鸡早，睡得比狗迟。职场江湖，天下乌鸦一般黑，要脱去"社畜"的烙印哪有这么容易。

除非你潇洒离去：老子不伺候啦。

想养千里马的心思，谁都有，问题是，你有草原吗？

没有。

没有？那你冲动什么。你以为当年陶渊明喊出那声"不为五斗米折腰"是一时冲动吗？才不是呢。人家五柳先生可是有底气的。

渊明先生能在"彭泽令"的位置上挂冠而去，首先是性格使然。

"少无适俗韵，性本爱丘山。"一个喜爱大自然的人，必定是率性旷达的，对于程式、对于官场、对于迎来送往，必然有一种天然的抵触心理。陶渊明四十一岁那年，督邮要来巡查他管理的地面，作为地方上的官吏，按规矩，他得换上官场上的"工作服"前去迎接。工作服换到一半，陶先生真性情发作：吾不能为五斗米去谄媚"乡里小人"。不伺候了，坚决不伺候。走得那叫一个果断啊，把印绶啥的全丢在办公桌上，头也不回，绝尘而去。

据《宋书》记载，陶渊明的曾祖父陶侃是大司马，是东晋的中流砥柱。陶渊明外祖父孟嘉是"龙山落帽"典故中的主角，是东晋的名士。相信陶渊明辞官归去那一刻，他血管里的名士因子正在突突地在往外冒。

丈夫突然回家，从此再也不去上班，换在如今，夫妻差不多就要离婚了。然而，陶夫人和五个儿子既没有惊诧莫名，也没有反对他的决定。想来，陶夫人是最了解夫君心思的，他入仕做官完全是"误打误撞"，他的爱好不在升官发财，他的爱好在山川田野之间，他希望自由自在地吟啸歌咏。与其在文书上搦管盖印，不如在田野间戴月荷锄。后人只管给陶靖节竖大拇指送红玫瑰，殊不知陶先生背后的这位女性也是个有见识的。真应了那句老话：不是一家人，不进一家门。

从四十一岁辞官到六十三岁去世，这二十多年里，陶渊明哪个衙门都不去，哪个官员都不拜，就在家里侍弄南山下的荒地，种豆锄草，就着菊花喝酒看书。昭明太子萧统在《陶渊明传》里说过这样一个故事：江州刺史王弘想认识陶渊明，陶渊明却没有这个兴趣。没办法，王弘只好另

辟蹊径，趁陶渊明上庐山的时候，叫一个认识陶渊明的下属挑着装满酒菜的担子等在路边，这才见上了偶像一面。

想读懂陶渊明，读一首《归园田居》就能明白个八九不离十。

少无适俗韵，性本爱丘山。
误落尘网中，一去三十年。
羁鸟恋旧林，池鱼思故渊。
开荒南野际，守拙归园田。
方宅十余亩，草屋八九间。
榆柳荫后檐，桃李罗堂前。
暧暧远人村，依依墟里烟。
狗吠深巷中，鸡鸣桑树颠。
户庭无尘杂，虚室有余闲。
久在樊笼里，复得返自然。

三十年青春时光，就这样白白流走。少不更事时，总会做些与自己的志向背道而驰的事。在后人的想象中，陶渊明写到第四句时，自己直摇头。辞官归家好比是笼中鸟重上蓝天，池中鱼重游大海。昨非而今是，余下的时光可得好好把握呢。种桃种李种春风，栽榆栽柳栽风景。东篱黄花，林间鸡鸣，烟火人间别有天地。这一刻，陶渊明肯定有如释重负的感觉：终于解放啦，终于自由啦。

有地可种，有屋可住，有妻持家，有子防老，有酒可喝，有书可读，有花可赏，那个"彭泽令"有什么可留恋的。

等待升官，光宗耀祖吗？曾祖父陶侃在天上看着你笑呢。等待发财，封妻荫子吗？外祖父孟嘉在云端看着你笑呢。

其实呢，也不关陶侃事，也不关孟嘉事，辞官归隐完全是陶渊明的个人行为。陶渊明在《五柳先生传》中说自己："闲静少言，不慕荣利。好读书，不求甚解。每有会意，便欣然忘食。"说得够清楚了吧，主要是"不慕荣利"和"好读书"。照我的理解，不慕荣利，就是无欲则刚，"性本爱丘山"，除了天性喜欢的东西，别的全不放在眼里。好读书呢，就是既读古圣先贤的书，也读《穆天子传》《山海经》这一类奇书。他的好朋友颜延之在《陶征士诔》中说他"心好异书，性乐酒德"。书读多了，加上骨子里的名士风范，到后来当然是绝世出尘，不仅看破官场，连生死也等闲视之了。"死去何所道，托体同山阿"，死有什么可怕的，不过是把躯体换个地方安放罢了。他早早写下《自祭文》，说"人生实难，死如之何"，还给自己写了一首《拟挽歌诗》："有生必有死，早终非命促……千秋万岁后，谁知荣与辱。但恨在世时，饮酒不得足。"

有人对陶渊明"不为五斗米折腰"提出疑问，认为陶渊明辞官归隐只是嫌薪水太低，要是给个五百斗，或者五十斗也好，他肯定不会辞官。

"有人"一定要这样说，我也没办法，死去千百年的陶渊明更不会从地下爬起来反对。不过呢，李商隐有一句诗正可以回答"有人"的这种说法——不知腐鼠成滋味，猜意鹓雏竟未休。这两句引用《庄子·秋水》中的故事。战国时，惠施任梁国相，庄周前去看他。有人对惠施说，庄子来意不善，要取代你的位置。

　　于是，惠施派人搜寻庄子，整整寻了三天三夜。庄子觉得可笑，就讲了一个故事讽刺他：南方有一种鸟，名叫"鹓雏"，从南海飞往北海，一路上，非梧桐树不歇，非竹实不吃，非甘泉不饮。一只猫头鹰刚捡到一只死老鼠，见鹓雏飞过，便大叫大喊，威胁它不要靠近。李商隐借这个典故，告诉那些把持利禄、无故猜忌的小人——明白不？死老鼠只有猫头鹰才爱，陶渊明可是凤凰。

茂陵刘郎汉武帝

"秋风起兮白云飞，草木黄落兮雁南归。兰有秀兮菊有芳，怀佳人兮不能忘。泛楼船兮济汾河，横中流兮扬素波。箫鼓鸣兮发棹歌，欢乐极兮哀情多。少壮几时兮奈老何？"

这首题为《秋风辞》的诗，是汉武帝在巡行河东泛舟汾河之上与群臣宴饮时所作，情感随笔触流动，前两句写景，"黄落"与"归"，为后文"少壮几时兮奈老何"张本。第三、四句，睹物思人，不知在思陈阿娇还是卫子夫，抑或李夫人，他生命中的女人，哪一个都不简单，也有人说是思贤者强者，霍去病死、卫青死、董仲舒死，那些陪他哭过笑过的人都已远去。满目山河空念远，安得猛士兮守四方。五、六两句眼中即景，写此次游汾河的浩大场面。最后三句写鼓鸣歌发之游河高潮，于欢乐之极，突悟"欢乐极兮哀情多"，也即寻常人所说的"乐极生悲"。武帝此悲，非悲别样，只悲老之将至矣。后代帝王如康熙，也嫌活得不够，要"向天再借五百年"。

汉武帝活了七十岁，在那个时代，已经够长寿了。

汉武帝刘彻是汉朝第五位天子。没有比他更高贵显赫的家世了。

他的曾祖父是汉高祖刘邦，祖父是汉文帝刘恒，父亲是汉景帝刘启。刘彻七岁那年被立为太子，十六岁即位，在位五十四年。

汉初施行黄老之术，轻徭薄赋，与民休息，待汉武帝即位，西汉建国七十年间积累下来的"太仓之粟""陈陈相因，充溢露积于外，至腐败不可食"，"京师之钱"也"贯朽不可校"，强汉之雏形已出现在少年天子眼前。年少的武帝雄才大略，治国策略从祖父辈的"休养生息"向"开疆拓土"转变，世俗进取的儒学代替了无为而治的黄老学说。

公元前134年，汉武帝与大儒董仲舒之间有一场君臣对话，汉武帝三问，董仲舒三答。董仲舒这三个回答，是谓"天人三策"，也叫"贤良三策"，让武帝在治国理政方面有了理论依据和实操准则。从此，"罢黜百家，独尊儒术"成为汉朝大政方针，儒家"礼乐射御书数"成为读书人必备的六种才能。武帝还听从董仲舒的话，"立太学以教于国"。有了儒学的思想基础，武帝开动国家机器，赶跑匈奴，吞并朝鲜，遣使西域。在位五十四年，汉武大帝开拓出西汉最大疆域，在中国历史上留下不可磨灭的印记，与"千古一帝"秦始皇并称"秦皇汉武"。

金无足赤，人无完人。汉武帝在位时，特大工程比比皆是，不仅广修宫殿，大置苑囿，还四处巡游，寻仙觅药，封禅祭祀，给国家和人民带来了沉重的负担。晚年又信谣传谣，以巫蛊邪祟之名降罪于太子刘据，太子自杀，太子生母卫子夫亦自杀，造成了一场死人上万的大灾难，给西汉社会带来巨大的狂风骤雨。

　　生命的最后几年，武帝心生悔恨与内疚——培养多年的储君因自己轻信流言而死，帝国也因连年征战和靡费以致国库空虚、百姓流离、民穷财尽。武帝眼前似乎出现了"赤地数千里，或人民相食"的悲惨画面，加上各地报上来的许多诡异天象，在这样的情况下，公元前89年，汉武帝下了一道诏书，即《轮台诏》（又称《轮台罪己诏》），当着满朝文武之面，"深陈既往之悔"，对自己在位期间的作为进行了"回头看"，内容有对"军旅连出，师行三十二年，海内虚耗"的追悔，有对桑弘羊等大臣在西域轮台地区屯田提案的否决，并对自己贸然派遣李广利出兵匈奴最后兵败表示悲痛。

　　宋代《资治通鉴》征和四年（前89）三月叙武帝之言曰："朕即位以来，所为狂悖，使天下愁苦，不可追悔。自今事有伤害百姓、靡费天下者，悉罢之！"这是汉武帝"罪己"的开端。轮台之诏上承太子刘据昭雪一事，其直接起因，则是征和三年不利的军事形势。他否定桑弘羊等的请求，并下诏曰："今又请远田轮台，欲起亭隧，是扰劳天下，非所以优民也。朕不忍闻……当今务在禁苛暴，止擅赋，力本农，修马复令以补缺，毋乏武备而已。"武帝由是不复出军，并于征和四年六月封丞相田千秋为富民侯，与民休息，思富养民。这些就是《轮台诏》的主要内容。自《轮台诏》之后，汉武帝的治国方略由连年征战靡费无度转而回归到与民休息重视农桑，国家终于慢慢走上正常发展的道路。

　　《资治通鉴》的作者是北宋司马光，他对汉武帝的总体评价是这样的："孝武穷奢极欲，繁刑重敛，内侈宫室，外事四夷，信惑神怪，巡游无度，使百姓疲敝，起为盗贼。其所以异于秦始皇者，无几矣。然秦以之亡，汉以之兴者，孝武能尊先王之道，知所统守，受忠直之言，恶人欺蔽，好贤不倦，诛赏严明，晚而改过，顾托得人，此其所以有亡秦之失而免亡秦之祸乎！""孝武"是汉武帝的谥号。这段话的意思是说汉武帝在许多做法上与秦始皇差不了多少，照理，汉朝的结局应该与秦朝是一样的，但是，汉武帝尊崇儒家思想，纳谏好贤，赏罚分明，关键是知过能改，所以虽然他做了许多和秦始皇一样的事，最后却有个好结果，避免了国家倾覆的结局。

汉武帝自己也说过："若后世又如朕所为，是袭亡秦之迹也。"

汉武帝临死之时，把年仅八岁的少子刘弗陵托付给霍去病的异母弟霍光。在霍光辅佐之下，汉昭帝刘弗陵继续大力发展农业生产，与后面的宣帝刘询一起，开创了"昭宣中兴"。史载，宣帝时期，西汉经济繁荣，虽没有达到"文景之治"米烂陈仓的程度，但粮食的价钱，从武帝时的每石五十钱，降到了每石五钱，武帝穷兵黩武造成的国库空虚、民不聊生之境，至此得到有效改善。

在唐朝诗人李贺眼中，汉武帝刘彻是"茂陵刘郎秋风客"，但在毛泽东的笔下，汉武帝形象高大威猛，是鼎盛之世的伟大君王："汉武帝雄才大略，开拓刘邦的业绩，晚年自知奢侈、黩武、方士之弊，下了罪己诏，不失为鼎盛之世。"

汉武帝地下有知，亦当欣慰。

书圣也有俗人面

一本《世说新语》，把三国两晋有名人家的那些事用含而不露的笔墨勾勒了一番，让后世读者透过时光的帷幕，看清了历史名人的真实情状。

就拿书圣王羲之家来说。

王羲之家，是赫赫有名的书圣之家，以书法传世。王羲之自是不必说，公认的"书圣"。夫人郗璿，当朝太尉郗鉴的掌上明珠，熟读经书，是当时有名的才女，书法卓然独秀，空灵飘逸，被称为"女中笔仙"。他的第七个儿子王献之同样精习书法，有"小圣"之称，父子二人被世人并称"二王"。王羲之后人中，四世族孙王僧虔、七世孙智永都是有名的书法家。

西晋灭亡，东晋建立，首都从洛阳迁到建康，右军将军王羲之出任会稽内史。

在南方的绍兴，王羲之留下为老妪题扇、写《黄庭经》跟道人换白鹅等故事，脍炙人口。永和九年（353）的暮春三月，王羲之带着几个儿子，在兰亭雅集上与当时名流酬唱吟诵，写下《兰亭集序》，更是把"书圣"的地位推到了新的高度。

除了这些耳熟能详的故事，《世说新语》还告诉了我们许多不为大众熟悉的故事。

王羲之是成语"东床快婿"的主角，其实这个故事有些曲折。

王羲之与郗璿结婚，有很偶然的因素。话说王羲之风度绝代，被当时人形容"飘如游云，矫若惊龙"，可郗父原是要与宰相结亲家的，相中的女婿是王导的儿子。王羲之是王导的侄子，当时正在相亲现场。王导的两个儿子穿着正式，神情严肃，估计就像现在入职面试的人员，而王羲之人在事外，没有任何心理负担，随意地躺在东屋的胡床上，甚至还露出了肚皮。

介绍人回去把情况一一做了汇报，郗父听说王羲之这番模样，当场大声叫好：此正好！

就像陪读的人考上了大学一样，王羲之娶妻也是这种情况。

王羲之在我们眼里是大才子、大名士，他是风雅的化身，是正人君子的代表。《世说新语》中有一条记载，却是另一番情形。

《世说新语·规箴》："王右军与王敬仁、许玄度并善，二人亡后，右军为论议更克。孔岩诚之曰：'明府昔与王、许周旋有情，及逝没之后，无慎终之好，民所不取。'右军甚愧。"

生前与人友好，死后却刻薄地谈论他们，这与我们心目中的王羲之的人设差距太大。好在王羲之经人提醒，"甚愧"于这个有损形象的错误。

《论语·子张》："君子之过也，如日月之食焉：过也，人皆见之；更也，人皆仰之。"这是孔门弟子子贡说的一句话。大意是，君子的过错就像天上的日食和月食一样，他犯了错误，人们都看得见。他改正了错误，人们也照样会景仰他。譬如王羲之，他听从朋友的话，改正自己的错误，所以我们心中的那个王羲之还是那样的美好。

王羲之生有七个儿子，除大儿子早死外，其余个个称得上性格鲜明，是当时的精神标杆。

《世说新语·贤媛》记载："王右军郗夫人谓二弟司空、中郎曰：'王家见二谢，倾筐倒庋；见汝辈来，平平尔。汝可无烦复往。'"

郗夫人在娘家有二位兄弟，大弟郗愔、二弟郗昙都是朝中大臣，可说是位高权重，然王羲之和他的一众儿子对这两位舅舅随随便便，看不出有任何敬重之处。相反，对那些没有亲戚关系的谢家子弟如谢安、谢万兄弟，却竭力交好，翻箱倒柜找东西相赠。此情此景让郗夫人好不生气。俗话说夫贵妻荣，郗夫人却感受不到夫家对娘家的帮助，相反，倒是经常看见郗家被轻慢。魏晋之时，讲究门第，琅琊王氏和陈郡谢氏是当时的一类门第，而郗家充其量在二类中等，根本不入王家的法眼。因此，郗夫人只得于背地里委婉提醒自己的兄弟：以后少到这里来！

更有甚者，王羲之儿子们的行为较乃父有过之而无不及。

《世说新语·简傲》记载了一个有关王子敬、王子猷的故事。子猷是王徽之，子敬是王献之，这兄弟俩年岁相仿，情深义重，往往是联袂出场，这次是他们上大舅郗愔家里拜谒的故事。

> 王子敬兄弟见郗公，蹑履问讯，甚修外生礼。及嘉宾死，皆著高屐，仪容轻慢。命坐，皆云："有事，不暇坐。"既去，郗公慨然曰："使嘉宾不死，鼠辈敢耳！"

此处郗公就是当初那个被王家随便对待的郗夫人的大弟郗愔，他的儿子郗嘉宾，是当朝大臣，权倾一时，连谢安也受其牵制。在这种情况下，王家这些外甥们对大舅父非常敬重，拜见时衣履得体，言谈举止谦恭有礼。等到舅家这个表兄死了之后，马上变得傲慢起来，衣着随便，来去匆匆，总推托自己很忙，坐都不肯。郗愔大发感慨：我儿子要是还活着，你们这群"鼠辈"敢这么做吗？

日光下面无新事，隔了一千多年的时光，王羲之家里发生的那些事，今天继续上演着。

台上台下话曹操

　　曹操是戏剧舞台上常见的角色。《祢衡骂曹》《伏后骂曹》，剧名就透露了曹操的窘相。

　　某天电视播放《群英会》，袁世海饰演的曹操，三角眼、棒槌眉，那一张大白脸上，眼角、鼻间、额上、口旁，都是些横横竖竖的小皱纹，看上去沟壑纵横。七十三岁的袁世海先生，积几十年舞台经验，无论唱腔还是动作，在这一场"纪念徽班进京二百周年"的演出中，把一个机警奸诈的曹操演活了。

　　戏看多了，就明白曹操为什么是白脸。白脸与阴险、奸诈、飞扬跋扈是同义语。明朝奸相严嵩，在舞台上也是白脸。

　　有一首《唱脸谱》的歌，很有趣："蓝脸的窦尔敦盗御马，红脸的关公战长沙，黄脸的典韦，白脸的曹操，黑脸的张飞叫喳喳……"

　　老百姓心目中的曹操，就是这样一个大白脸，是个绝无仅有的坏人，有罗贯中的《三国演义》为证。罗氏将曹操描绘成一个诡谲多端、利欲熏心、残忍多疑的篡国逆臣，就连死后的坟场，曹操也要使出诡计。《三国演义》中说，曹操遗命于彰德府讲武城外，设立疑冢七十二。几百年之后，蒲松龄在《聊斋志异》的《曹操冢》中写道，曹操墓可能在其设的七十二疑冢之外，这更显出曹操的诡诈。

"七十二疑冢"的说法从何而起，现在已经无从考证，最早可见于北宋名人王安石的诗："青山如浪入彰州，铜雀台西八九丘。"到了南宋，俞应符有"直须掘尽疑冢七十二，必有一冢葬君尸"，范成大也声称自己曾亲眼见过曹操的七十二疑冢。如此言之凿凿，真让人不信也得信了。

史学家陈寿在《三国志》中记载，公元220年曹操死后葬于邺城西门豹祠以西的丘陵中。事实证明，陈寿说得对。约一千八百年之后的2010年6月11日，安阳曹操高陵入选"2009年度全国十大考古新发现"。显然，曹操并没有秘葬，更未设疑冢。

这个奸诈的大白脸曹操属于戏曲舞台，历史上，真正的曹操是杰出的政治家、军事家、文学家。

曹操是个从不隐藏自己观点的政治家，他求贤若渴，唯才是举，这从他的《求贤令》中可以看出："今天下得无有被褐怀玉而钓于渭滨者乎？又得无盗嫂受金而未遇无知者乎？二三子其佐我，明扬仄陋，唯才是举，吾得而用之。""夫有行之士，未必能进取，进取之士，未必能有行也。陈平岂笃行，苏秦岂守信耶？而陈平定汉业，苏秦济弱燕。由此言之，士有偏短，庸可废乎！有司明思此义，则士无遗滞，官无废业矣。"

有才就好，德行无妨。这就是政治家曹操。

当然，曹操的用人政策也是随着情况变化而变化的。陈寅恪先生精练地总结过曹魏人才制度的核心："治平尚德行，有事赏功能。"

生活上的曹操"雅性节俭、不尚华丽"，他在《内诫令》中说自己"不好鲜饰严具，所用杂新皮韦笥，以黄韦缘中"，"衣被皆十岁也，岁岁解浣补纳之耳"，还禁止家里熏香。按照《三国志》所引《魏书》的说法，曹魏初期"后宫衣不锦绣，侍御履不二采，帷帐屏风，坏则补纳，茵蓐取温，无有缘饰"。

帝王都实行厚葬，但曹操却主张节俭，他对自己的丧葬有明确"要求"。在《终令》里，他说："西门豹祠西原上为寿陵，因高为基，不封不树。"其《遗令》更是明确了要穿着平时衣服入葬，不要珠宝陪葬。在《遗令》中，还安排好他死后妻妾们的日常生活："汝等时时登铜雀台，望吾西陵墓田。余香可分与诸夫人，不命祭。诸舍中无所为，可学作组履卖也。"成语"分香卖履"就出自这里，除了这些，他也不禁止姨太太们改嫁。这样明澈大方，岂是一般俗人怆夫可及？

曹操的军事才能毋庸赘言，他平定黄巾之乱，统一北方大部，自诩"天下若无孤，不知几人称王，几人称帝"，事实也确如此。就连对他憎恶有加的罗贯中，都在《三国演义》第四十回里，借王粲之口赞美曹操："曹公兵强将勇，足智多谋。擒吕布于下邳，摧袁绍于官渡，逐刘备于陇右，破乌桓于白狼，枭除荡定者，不可胜计。"

至于他的文学才华，只要抬出"建安文学"这块牌子，就可以了解他在文学史上的地位。他的诗，言志，言情，是历史的记录，悲悯悲凉，情感厚重，务实朴素，有儒家的底子，有墨家的理念，有法家的原则，对后世李白、杜甫等有很大影响。

都说杜甫的诗是史诗，其实曹操的《薤露行》《蒿里行》两篇也是东汉末年现实生活的真实写照："贼臣持国柄，杀主灭宇京。""铠甲生虮虱，万姓以死亡。白骨露于野，千里无鸡鸣。生民百遗一，念之断人肠。"黄巾之乱后，中原十室九空，曹操用写实的手法，真实记录了当时的场景。

《短歌行》是他求贤觅才的言志之作，可与《求贤令》对读。人生苦短，要及时建功立业。天下英才，不要再彷徨犹豫，赶紧来找我吧，我们一起来开创新的世界，结句"周公吐脯，天下归心"，表达他对人才的渴望。可以说，这是一曲唯才是举的求贤歌。

最值得一提的是，他五十三岁那年写的《龟虽寿》，开辟了一个诗歌的新时代。汉武帝罢黜百家，独尊儒术，汉代人的思想被禁锢了三四百年，弄得汉代文人不会写诗，只会写歌颂帝王功德的大赋，或者没完没了地注释儒家经书，真正有感情、有个性的文学得不到发展。直到东汉末年天下分崩，风云扰攘，政治思想文化发生重大变化，作为一世之雄而雅爱诗章的曹操，带头离经叛道，给文坛带来了自由活跃的空气。

神龟虽寿，犹有竟时。

腾蛇乘雾，终为土灰。

老骥伏枥，志在千里。

烈士暮年，壮心不已。

盈缩之期，不但在天。

养怡之福，可得永年。

幸甚至哉，歌以咏志。

  字里行间不仅跳跃着一如既往的英雄气概，还流露出常人无法企及的智慧与超然。

  公元207年，曹操平定北方，消灭了乌桓，班师回朝时经过秦皇岛，登临高山，遥望渤海，豪情满怀，写下《观沧海》一诗。全诗写景咏怀，通过对波涛汹涌吞吐日月的大海的生动描绘，诗人抒发了自己奋发进取、立志统一国家的伟大抱负和壮阔胸襟。语言质朴、想象丰富、气势磅礴、苍凉悲壮。

东临碣石，以观沧海。

水何澹澹，山岛竦峙。

树木丛生，百草丰茂。

秋风萧瑟，洪波涌起。

日月之行，若出其中。

星汉灿烂，若出其里。

幸甚至哉，歌以咏志。

一千多年之后的1954年，毛泽东主席来到北戴河休养。在一个狂风大作、巨浪滔天的日子，主席坚持下海游泳一个多小时，第二天写下了《浪淘沙·北戴河》一词。词上阕主要描写北戴河景色，对景中人表示关注。下阕起句思接千载，一下想到曹操："往事越千年，魏武挥鞭，东临碣石有遗篇。"三句皆写一人，可见毛主席对曹操的兴趣。曹操曾经来过这里，我今天也来这里，他曾写《观沧海》诗一首，我也有词一篇。毛泽东欣赏曹操，也许在内心深处，有与曹操一较高下的念头。词的结句，"萧瑟秋风今又是，换了人间"，季节相同而江山已新，今非昔比已是不争的事实。

这便是舞台下面真实的曹操。他是政治家，是军事家，是文学家，绝不是奸臣，不应被涂上大白脸。

德清诗人叫孟郊

德清是江南的一个县城，位于浙江湖州。

江南是个地理名词。长江以南河湖纵横、林木葱郁，盛产稻米鱼虾，素有"鱼米之乡"的美称。江南民居白墙黛瓦，江南百姓朴实勤劳。

所以，我眼里的德清与其他的江南县域并没有太大的不同，与安吉，与绍兴，与苏浙两省的大部分地方几乎一样，都是山清水秀、物产丰富、百姓安居乐业之所。

但是，德清又是独特的"这一个"。

人们总是把"人杰""地灵"连在一起，赞美一地的自然风光与人文景观相得益彰。德清就是这样一个"人杰地灵"的江南水乡。

德清莫干山天下闻名，是数一数二的避暑胜地。冬天也有人来这里，当然不是为了避暑，而是为了膜拜。膜拜那对铸剑的夫妻——干将、莫邪。那是吴越春秋时代的故事，此地原住民家有个姑娘叫莫邪，找了个夫婿是吴国那地儿的干将，职业铸剑师，两人替吴王铸剑，一雌一雄，剑有两把，只拿一把献给吴王。吴王当然不是好骗的，于是干将被杀。幸好他们有个儿子叫眉间尺，遇上侠客，最后报了仇。这个故事，鲁迅写在小说《故事新编》里面。莫干山便是以这对夫妻的姓名来命名的。

冬天，莫干山林寒涧肃，铸剑石上，干将抡锤，莫邪扶砧，脚下一泓清流飞珠溅玉，那些红褐色的石块为寒山枯木带来一丝暖意。

莫干山上剑气萧森，笼罩四方。千年之后的中唐时期，一颗诗坛新星从德清升起，从此，一首《游子吟》唱彻寰宇："慈母手中线，游子身上衣。临行密密缝，意恐迟迟归。谁言寸草心，报得三春晖。"1917年第一次世界大战，德国女版画家凯绥·珂勒惠支替上前线参战的儿子准备行装，她把家里仅有的几个金币全部缝进儿子的衣裳。慈母的心，永远牵挂着远行的儿，古今中外，概莫能外。

《游子吟》作者孟郊祖籍山东德州，他的父亲孟庭玢为昆山尉时，开始在江南生活，孟郊就出生在德清武康。今天，德清有东野古井、孟郊祠，德清博物馆有东野古井碑、古井井圈，河滨公园有孟郊像，春晖公园有"慈母春晖"长幅浮雕。孟郊是德清的骄傲。

孟郊的一生比较坎坷，父亲在孟郊的弟弟出生后不久就去世了。孟郊作为长子，与母亲裴氏一起支撑整个家庭的生活。读书中举是孟郊能为老母弱弟所做的最大贡献。为什么这样说？只要看一看《儒林外史》里范进的遭遇，就能明白中举与否对个人对家庭的影响。范进没中举之前，邻里看不起他，丈人胡屠夫更是对他多有羞辱，直到他中了进士，乡绅们一个个送钱送房，老丈人一改平日凶神恶煞相，而对他点头哈腰。在封建社会，科举及第所带来的利益与地位的抬升是常人所不能想象的。可惜，天不遂人愿，孟郊在青壮年时期久困闱场，一连应试多次，次次都以落第告终。难以想象，这一次次的落第，对一个肩负生活重担的青年才俊来说，是何等的屈辱与折磨啊。但是，就算考到发秃齿摇，还得硬着头皮进闱场啊，只因为考试是唯一的出路，一家人的生活就等着他考中而改善。所幸，贞元十二年（796），孟郊考中了。这是他第四次，或说是第七次参加科考。苍天不负苦心人，孟郊终于考中进士，这年他四十六岁。有资料显示，孟郊那个时代，人的平均寿命为三十八岁，四十六的孟郊此时差不多已是风烛残年了，可谓把一生献给了科举考试。

压抑已久的愁闷有了宣泄的机会，孟郊写下了生平第一首快诗《登科后》。

昔日龌龊不足夸，今朝放荡思无涯。春风得意马蹄疾，一日看尽长安花。

透过得意忘形的表面，我们看到狂喜背后，是一个怀才不遇的贫寒书生半生的悲苦。

孟郊登科后，被任命为溧阳尉。生活有了保障，他赶紧把母亲接到溧阳。在迎接母亲的路上，写下了那首著名的《游子吟》，感恩母亲的养育之情：寸草寸心，如何报得尽三春的温暖啊。

孟郊科考中举，但春风得意的日子实在少之又少，后半生延续了前半生的厄运。少年失怙，生活的重担早早压上他稚嫩的双肩。好不容易做了官，他的三个年幼的儿子，又相继离开人世。

一闭黄蒿门，不闻白日事。生气散成风，枯骸化为地。负我十年恩，欠尔千行泪。洒之北原上，不待秋风至。

——《悼幼子》

元和九年（814），孟郊六十四岁，抗争了一生的他妥协了，闭上眼睛再没有睁开。

据史书记载，他死的时候，家徒四壁。一百贯的安葬费是韩愈出的；给他夫人养老送终的钱，是同僚们出的。

孟郊个人遭际与生活经历的种种不幸，反映在他的诗里，是嗟悲叹苦、意境清冷，史书有"郊寒岛瘦"之评，苏轼嘲笑他的诗像"寒号虫"，元好问则讥讽他为"诗囚"。然而，不管怎么说，孟郊比同时代人高明的地方，在于他能透过个人的不幸命运面向底层社会，对丑恶现象进行揭露与针砭，对贫富不平进行抨击。

李贺是匹天上马

中晚唐诗人中，李贺是独特的"这一个"，是不得不讲的"这一个"。

论才华，"诗仙""诗圣""诗佛"之后，"诗鬼"尾随其后，列队整齐。虽说"诗鬼"听上去没有仙佛圣的高大脱俗，但鬼在百姓心目中的地位，有时候却高于那些遥不可及的仙佛圣。再则，这写诗的"鬼"才，如仙佛圣一样，千百年来也别无二家。李贺之才，与李白、杜甫、王维相比，可说是在同一水平线上。王维有"大漠孤烟直，长河日落圆"，李贺有"大漠沙如雪，燕山月似钩"。李白有"登高壮观天地间，大江茫茫去不还。黄云万里动风色，白波九道流雪山"，李贺有"黄尘清水三山下，更变千年如走马。遥望齐州九点烟，一泓海水杯中泻"。杜甫写马："胡马大宛名，锋棱瘦骨成。竹批双耳峻，风入四蹄轻。所向无空阔，真堪托死生。骁腾有如此，万里可横行。"李贺写马："龙脊贴连钱，银蹄白踏烟。无人织锦韂，谁为铸金鞭。""大漠沙如雪，燕山月似钩。何当金络脑，快走踏清秋。"

仙圣佛鬼，差可仿佛也。

《旧唐书》记载："（贺）手笔敏捷，尤长于歌篇。其文思体势，如崇岩峭壁，万仞崛起，当时文士从而效之，无能仿佛者。"韩愈也说："大历以后，解乐府遗法者，惟李贺一人。"

可惜李贺短命，只活了二十七岁。倘使天假其年，诗歌界的鬼才李贺，不知会写出多少惊风雨、泣鬼神的作品呢。

李贺存诗二百多首。他的每一首诗，都构思新颖、想象丰富、形象生动、色彩鲜明。作品多用比兴，又能摆脱思想和节律上的束缚，充满奇情异想，显现出强烈的浪漫主义特色，是继屈原、李白之后，浪漫主义的又一大家。

史书记载，李贺长相不堪，通眉长爪，体弱多病，但这不妨碍他横溢的才华与建功立业的信念。

前人有言，论诗须知人，知人必论诗。我们读李贺的诗，会特别注意到二十三首《马诗》。通过欣赏分析这组咏马诗，不难发现，它们实际上是李贺在借物抒怀，抒发诗人怀才不遇的感叹和愤慨，以及建功立业的抱负和愿望。

"龙脊贴连钱，银蹄白踏烟。无人织锦韂，谁为铸金鞭。"一读到这首诗，便想起韩愈"千里马常有，而伯乐不常有"的论断。骏马似龙，可惜无人识得。这不是李贺的处境吗？他这位唐王室远支，有心雄万夫的报国之志，却无人赏识，连科举考试都因为犯讳而不能参加，更遑论展示经国济世之才了。

"忽忆周天子，驱车上玉山。鸣驺辞凤苑，赤骥最承恩。"周天子信任日行三万里的赤骥，赤骥也不负这种信任，载周天子上昆仑山。千里马与伯乐，谁也缺不了对方。若有君王赏识，贺当效赤骥，日行三万里而不疲。这应该是李贺的初心。

"催榜渡乌江，神骓泣向风。君王今解剑，何处逐英雄？"千里之马必得英主才能尽展其才，失掉了英主，落于庸才之手，则必将困于槽枥与蹇驴无异。没有了项羽，乌骓马也迎风而泣。"谁是我的西楚霸王啊。"李贺总是这样仰天长叹。

"大漠沙如雪，燕山月似钩。何当金络脑，快走踏清秋。"前两句写燕然山一带环境的酷寒荒僻，以暗示骏马之艰辛，但骏马却不以为苦，渴望套上黄金做的笼头，在漠北战场上轻快奔驰，就像清秋季节外出郊游一样。李贺多么企盼早日遇上知己一展所长啊。

"武帝爱神仙，烧金得紫烟。厩中皆肉马，不解上青天！"这是二十三首《马诗》中的最后一首，表达一种对良才不被重用、庸才春风得意的愤慨之情。"骅骝拳跼不能食，蹇驴得志鸣春风。"李白在诗里愤慨，当是李贺此时的写照。

一组《马诗》二十三首，李贺通过描述良马没有遇上好的主人，不能在疆场上一展雄风，只能老死槽枥之间，辱没于庸人之手，形象写出个人的不幸。

此马非凡马，它是周天子的赤骥，它是楚霸王的乌骓，它是唐太宗的拳毛骊，只可惜它生不逢时，没有遇上周天子，没有遇上楚霸王，没有遇上唐太宗。

其实它也不是马，它是李贺的神，它是李贺的魂，它就是李贺本人。

身无双翼难通灵

李商隐的诗流传千古。

李商隐的苦命中注定。

李商隐的诗心由苦意熬成。

少孤，中年丧妻，自寿不永。这是李商隐看得见的苦，他还有看不见的苦。

李商隐十岁那年成为一个孤儿，小小年纪的他，一个人护送父亲的灵柩回到河南老家。面对病母弱妹，李商隐才脱下孝服，就为人"佣书贩春"，既做抄书写字的工作，又替人打工，为人舂米，买卖物品，以此供养家人。

读书人唯一的出路就是科举考试，而科举考试不单需要真才实学，还要当代名流的举荐。李商隐才华横溢，"以古文出诸公间"，他来到河阳节度使令狐楚的幕府，与公子令狐陶相处融洽，歌馆楼台，诗词酬唱。在他们的关照下，李商隐中了举人。

同科进士韩畏之做了泾源节度使王茂元的女婿，李商隐前去祝贺朋友新婚，也恳请对方替他牵个线，让他能与王家小女儿结婚。他见过那个叫王晏媄的姑娘，微蹙的双眉，着一条绣着芙蓉花的罗裙，灵秀聪慧，优雅娴静，正是他心目中美娇娘的形象。如果说李商隐一生中有什么心想事成的好运，与王晏媄的婚姻就是一次。

而这次婚姻带来的，除了短暂的甜蜜，更多的是政治上的疾风暴雨。

唐朝末年，宦官专权，党争严重。李商隐仕途上的恩人令狐绹属于"牛党"，而王晏媄的父亲属于"李党"。先前，令狐绹一家对李商隐"以其少俊，深礼之"，帮助他得中进士；后来，王家"爱其才，以女妻之"，招他做了女婿。年轻的李商隐不明就里，一下陷入牛李党争的深坑。牛党愤怒他的背恩，李党嫌弃他的不纯，夹在牛党李党中间，李商隐两面不讨好，仕途无望不说，还被令狐绹定性为忘恩负义之人，"以商隐背恩，尤恶其无行"。（《旧唐书》）

"背恩""无行"，这种风评对一个读书人来说是致命的。从此，李商隐与仕途绝缘，只好辗转于各个幕府之间，替人做一些书记、判官之类的工作。幸好还有人欣赏他的才华，如兖海沂密观察使崔戎、桂州刺史郑亚，还有那个剑南东川节度使柳仲郢……但随着主人或死或贬，李商隐的生活之舟总是颠簸不已。

851年，李商隐的妻子兼知己王晏媄离开人世。"君问归期未有期，巴山夜雨涨秋池。何当共剪西窗烛，却话巴山夜雨时。"李商隐在外期间，王晏媄经常寄书寄物，两人鱼雁往来频繁，双方都牵挂着对方，这首《夜雨寄北》另有一名叫《夜雨寄内》，内即内人，就是王晏媄。他长年颠沛在外，妻子儿女只好寄居在岳父母家中，最近一次回家是两年之前，那时妻子王晏媄已经病得很严重了，夫妻相见，真正是执手相看泪眼，竟至于说不出话来。离开不久就得到妻子的死讯，远在东川的李商隐只好把哀情诉诸笔端："忆得前年春，未语含悲辛。""归来已不见，锦瑟长于人。""剑外从军远，无家与寄衣。散关三尺雪，回梦旧鸳机。"再也收不到妻子寄来的衣物，连见面都只能在梦里了。

858年，李商隐在河南荥阳因病去世，享年四十六岁。

"一种风流吾最爱，六朝人物晚唐诗。"日本学者眼里的"六朝人物"，有曹氏父子、竹林七贤、王谢子弟等，他们文采风流又特立独行。而"晚唐诗"最主要的作者便是李商隐。叶嘉莹说，李商隐的诗歌有一种无可奈何的绝望在里面。"绝望"二字，已让人眼前漆黑一片，再加上"无可奈何"，真让人跌入万丈深渊。无论是"夕阳无限好，只是近黄昏"，还是"贾生年少虚垂涕，王粲春来更远游"，或者"嗟余听鼓应官去，走马兰台类转蓬"，对现实的绝望无助，李商隐源源不断地传达到后代读者心里。

李商隐的诗迷离惝恍，美好的意象似是蒙着一层揭不去的轻纱，让每一代读者欲罢不能。正如元好问所评："诗家总爱西昆好，独恨无人作郑笺。"

李商隐短暂的一生，除了辛苦辛劳和辛酸，可说是生无可恋，幸好有个王晏媄，幸好他有一颗玲珑的诗心。

"迢递高城百尺楼，绿杨枝外尽汀洲。贾生年少虚垂

涕，王粲春来更远游。永忆江湖归白发，欲回天地入扁舟。不知腐鼠成滋味，猜意鹓雏竟未休。"（《安定城楼》）

在这首诗里，李商隐把自己的遭遇与贾谊、王粲相提并论，表达了自己的理想是"永忆江湖归白发，欲回天地入扁舟"，要把颠倒的天地翻转过来。至于那些猜忌他想要争权夺利的人，就让他们猜忌去吧。

这便是李商隐的诗心。

李商隐死的时候，朋友崔珏写有悼诗一首，说他"虚负凌云万丈才，一生襟抱未曾开"。一千多年后的今天，我再次读李商隐的诗歌，把崔珏的这两句诗改成：一生襟抱虽未开，不负凌云万丈才。

李商隐诗歌中的苦意，成就了他的诗心，展现出他高洁的理想抱负。

塞下风景将军泪

塞下秋来风景异，衡阳雁去无留意。四面边声连角起，千嶂里，长烟落日孤城闭。

浊酒一杯家万里，燕然未勒归无计。羌管悠悠霜满地，人不寐，将军白发征夫泪。

这是范仲淹的边塞词《渔家傲》，意境苍凉、言词淋漓，非身临其境者不能为之。确实，写这首词的时候，范仲淹就是个将军。

1015年，北宋大中祥符八年，范仲淹苦读及第，授广德军司理参军。后历任兴化县令、秘阁校理、陈州通判、苏州知州、权知开封府等职，因秉公直言而屡遭贬斥。

北宋与西夏战争爆发后，康定元年（1040），范仲淹与韩琦共任陕西经略安抚招讨副使，采取"屯田久守"的方针，巩固西北边防。老范碰上的对手，是西夏王朝开国之主李元昊，李元昊硬生生地从北宋手里夺得大片河山，从而把都城从寸草不生的荒滩戈壁迁到了贺兰山下的银川，与北宋和辽国平起平坐，三分天下。他是北宋的强敌，老范遇到他那真正是"秀才遇到兵"。仁宗庆历元年（1041）正月，元昊派出几千人攻击宋军要塞怀远城，老范和他的搭档韩琦、夏竦派出部队迎战，在好水川被元昊十万军队伏击，八千人马瞬间被歼。

本来，老范的战略是"高筑墙不出战"，守住国门才是第一要务，再说，宋军后勤有保障，西夏军队远道而来，粮草支撑不了多长时间，要不了多久就得自行退兵。可韩琦就是看不惯读书人老范这样的窝囊样：凭我大宋的皇皇国威，消灭李元昊这样的边鄙蟊贼，小事一桩。在韩琦的一意孤行之下，好水川一役，宋军大丧元气。

最后还是实行了范将军的"龟缩"方案。

好水川一战让范将军心里好难过，发而为词，也消沉颓废了。家万里、归无计、将军白发、征夫泪，如此悲凉颓废，显见范大人心中郁闷之极。词是用来唱的，想必军中士兵听了这样的词曲，更加厌恶战争，思念家乡，没有斗志了。楚汉相争，垓下之围，刘邦就是用了楚地之音，瞬间瓦解了项羽楚军的斗志。

军歌壮军威！"马蹀阏氏血，旗袅可汗头""驾长车踏破贺兰山阙，壮志饥餐胡虏肉，笑谈渴饮匈奴血"，这才是它该有的模样。

《渔家傲》是在宋军惨败的背景下创作出来的，带着人文主义的光辉，虽说低沉，虽说颓废，但从文化意义上说不失为一首好词。

作为北宋仁宗朝的名臣，范仲淹是和平时期爱民如子的好领导。"居庙堂之高，则忧其民；处江湖之远，则忧其君"，《岳阳楼记》里的名句"先天下之忧而忧，后天下之乐而乐"，流芳千古。言为心声，范大人就按这个初心，为官一任，造福一方。

林语堂评价他为圣人。

范大人正经是个文化人，一支生花妙笔舞文弄墨，诸般文章样样拿手，是当时的翘楚，即使现在看来，能出其右者也是不多的，要不咱们中学课本怎么老拿他老人家的文章作范文呢。当然，首先是学他"先忧后乐"的高风亮节，思想教育在第一位，而后就是学他作文的章法。西北边事稍宁后，宋仁宗召范仲淹回朝，授枢密副使，后拜参知政事。他上《答手诏条陈十事》，发起"庆历新政"，推行改革。庆历新政失败，范仲淹被贬邓州，好友滕子京也被贬到巴陵郡当郡守，并主持修竣了岳阳楼。滕子京想请范仲淹作记，就在信中附上《洞庭晚秋图》，让范仲淹这个并未去过岳阳楼的人看图作文。当时范仲淹身在河南，望着滕子京送来的《洞庭晚秋图》，借题发挥，写出自己所推崇的为人处世的态度，勉励滕子京学习古代有修养的人，不要计较个人眼前的得失，做到"先天下之忧而忧，后天下之乐而乐"。

范仲淹的文学家身份，我们从小就知道的；他的政治家身份，是我们读了他的文学作品和历史故事后知道的；现在，我们又知道了他的军事家身份。

云卷云舒自在观

读书原来有窍门

　　书分两种，一种是有形之书，一种是无形之书。

　　有形之书，多见于书店、图书馆、印刷厂、文人的书房、学生的书包；无形之书，则不计时间地点，充塞天地之间，说得通俗一点，就是世间百态。

　　《聊斋志异》有一文，写书生郎某坐拥先世留下的满屋子书，日夜讽诵，虽家道中落，别的财物典当殆尽，书却一本不少，深信书中自有金粟美人。某夜读《汉书》，见纱剪美人夹藏其中，细视美人，美人竟夹腰起，宛然绝代名姝，自言是郎某相知已久的颜如玉，喜得郎某更加起劲读书。美人却反对郎某读书，说再读的话，她就回到书中，永不出来。

　　后来有一次，郎某与美人对坐而又痴迷于书，美人愤而躲入书中不见。郎某慌了，对着《汉书》长跪不起，信誓旦旦，矢志不读，女复现形。颜如玉劝他不要死读书，教他琴棋博饮，结交朋友，培养名声，重视生活情趣，重视人际关系。一句话，就是要他放弃有形之书，转而去读世间百态、社会之书。

蒲松龄写活了一个死读书的书痴形象。

沈从文先生曾写过一篇散文，题目是《我读一本小书同时又读一本大书》。沈先生在文章里详细回忆了自己十五岁之前在故乡凤凰的生活经历："学校以外有戏看，有澡洗，有鱼可以钓，有船可以划……若把一本好书同这种好地方尽我拣选一种，直到如今我还觉得不必看这本弄虚作伪千篇一律用文字写成的小书，却应当去读那本色香具备内容充实用人事写成的大书……我感情流动而不凝固，一派清流给予我的影响实在不小，我幼小时较美丽的生活，大部分都与水不能分离……我认识美，学会思考，水对我有极大的关系。"坊间传言，沈先生原是湘西农村一个木讷少年，十五岁时离开家乡，后来成了北漂一族，据说他第一次上北大的讲台，没几分钟就把讲义讲完了，然后只好背对着学生站在黑板前，不知接下去该怎样做。就是这样一个"乡下人"，面对繁华都市几乎束手无策，但在湘西经历的生活，成为他成功突围的武器，他把《边城》《湘行散记》《长河》等作品送到人们面前，完成一个作家的蜕变。

"要多识草木虫鱼鸟兽之名"，这是鲁迅先生对年轻人的告诫。鲁迅是伟大的文学家，曾经在20世纪20年代末期，拒绝了诺贝尔文学奖的提名，还说：不仅我不配，眼下的中国，谁也不配。鲁迅的作品，我们或多或少都读过，《孔乙己》《祝福》《为了忘却的记念》《一件小事》《故乡》等。鲁迅的文章，没有一定的阅历、一定的时代背景知识，是很难读懂的。当时是"五四"时期，白话文写作刚刚萌芽，文言文写作还占据着重要地位。作为新文化运动的旗手，鲁迅努力在古文字中突围，但他笔下的文字语言还不能完全绕开桎梏，给后来者的阅读带来一定的困难。再加上他也说自己心里有一点毒气与阴气，落笔成文，难免有刻薄与假想的成分。因此，他入选在中学课本里的课文，经常被20世纪八九十年代的中学生视为畏途，以致成为语文学习"三大难"之一。哪三大难？作文一难，古文一难，周树人也是一难，"作文、古文、周树人"，是许多学生解不开的结。听说现在的中学课本里不收他老人家的作品，据说是过时了。不管编教材的人如何想如何做，我倒知道他是怎样阅读社会这本大书的。他最后写成了一部揭露国民劣根性的小说。《阿Q正传》中的主人公阿Q，原型是他老家绍兴的一个邻居，惯于偷鸡摸狗，栖身的土谷寺在他家不远处。阿Q押牌宝这件事是帮工王鹤照讲给他听的，后来阿Q被抓起来，坐牢了，鲁迅因为没有坐牢的经验，曾想着要触犯当时北京的巡捕，去体验一下。还有那个孔乙己，也是有原型的，是一个叫孟夫子的穷困潦倒的读书人。《药》里的夏瑜，原型是女革命家秋瑾。

生活远比小说精彩。

社会上有一种人，地位非常低下，目不识丁，但是为人处世，自有一种落落大方，比某些有文化的人更有见识更让人温暖。这样的人，就像《红楼梦》里的刘姥姥，那么穷那么老那么丑，但又是那么有智慧有人情有魄力。她本身与贾府没有丝毫关系，只不过女婿祖上与王夫人家认过同宗，所以在过不下去的时候，就建议女婿去拜拜这门亲，"瘦死的骆驼比马大"。女婿不肯去，她只好自己出马，找到王夫人的陪房周瑞家的，总算见到了凤姐，得到二十两银子。第二次来的时候，带了许多土特产来报恩。为逗贾母开心，特地在花白的头发上插上红花，用象牙筷夹鸽子蛋，边夹边说：老刘老刘，食量大如牛，吃个老母猪，不抬头。别人笑翻，她自己却一本正经。后来，贾府树倒猢狲散，她倾其所有，解救被狠兄奸舅卖入烟花巷的巧姐。刘姥姥的地位修养都与贾母不可同日而语，但她们的生活智慧却没有高下。林黛玉鄙视她，称她为"母蝗虫"，还要惜春画一幅"携蝗大嚼图"。从某种意义上说，林黛玉实在是一位只会读有形之书而对社会这部大书一无所知的人，有知识而无智慧，才学虽好，生存却困难，尽管她在初到贾府时自我提醒"不可多说一句话，不可多走一步路"，但在贾府的处境还是每况愈下，用她自己的话来说，就是"一年三百六十日，风刀霜剑严相逼"，人与人之间没有温情，她只感到寒冷。

蒲松龄笔下的郎书生、曹雪芹笔下的林妹妹，在读有形之书上，可谓才子才女，是知识丰富型人才，但若是考量他们的生存能力与应变觉悟，连及格线也达不到，何故？皆因他们忽略了阅读社会这部无形大书。说到底，真正会读书的人，既要读有形的文字之书，更要读无形的世相之书。

书外故事费猜想

　　女人家的衣服，穿出去以撞衫为大忌。两件款式相同，或者颜色相同的衣服，出现在同一场合，任是最大度的女子，也必是小气的。在奥斯卡颁奖礼的红地毯上走秀，女星都以一件别出心裁的礼服为武器，于无声处，击败对手。

　　于衣衫，我脱不了这个窠臼。

　　于柜子里的书，却完全是另外一种派头。

　　除了别人赠送的，绝大多数书都是我从书铺子里真金白银买来的。但是，新华书店太过正统与现代，我更喜欢那些隐在小巷深处的古旧书店。

　　淘金、淘书，一个"淘"字，写尽了那种千淘万漉的辛苦过程，而"吹尽狂沙始到金"的结果，让淘的感觉不再是辛苦而是喜悦。这跟体育竞技活动中运动员平时的训练与最后夺金好有一比。在古旧书店里淘书，于昏暗的灯光下，穿梭在一排排高达屋梁的书架前，有时不免要借助桌椅垫脚，以免漏淘自己心仪的书籍。借着自带手电筒的光亮，在芸芸众书中，蓦然发现那心仪已久的一册，心中大呼"踏破铁鞋无觅处"，眼疾手快，唯恐其遁形。

此时的喜悦，恰如唐人刘禹锡说的"吹尽狂沙始到金"。

淘书回家，于窗台下明亮处，轻轻拭，慢慢补，再用熨斗熨平，虽是旧物，已然新颜。

淘来的书，多少留有旧主的痕迹。

一本《中国现代百家千字文》，扉页上用圆珠笔题着："陆振东购于杭州新华书店。1993.3.3。"喔，三十年前的杭州新华书店可是全浙江最大的书店啊，我也经常在那里买书，说不定，在书店熙攘的人流中，书主还曾与我擦肩而过呢。

一本《中国民间禁忌》，盖的是"杭齿技校"的印章。"杭齿"就是杭州齿轮箱厂，是萧山最有名的三大厂之一，萧山人都以能在这些厂里当工人为荣。这个厂有自己的火车，自己的隧道，自己的医院和学校，在我们的眼里，是多么令人向往啊。杭齿技校是杭州齿轮箱厂自己培养技术人员的学校，现在应该还有学员，公交712路有个站点就是"杭齿技校"。只不知这书怎么流落到了古旧书店。

还有一本《袁小修小品》也一样，盖的是"钟山外国语学校"的章，应该是学校图书馆藏品。

《江南味道》写着"1996，方国荣于南京"的字样，《教父》是"詹士雄"1983年夏在成都买的，《最后一个匈奴》盖着"滕军之印"。

爱好与兴趣，随时而变，譬如这些书的主人，当年肯定是因喜欢而买，也曾手不释卷。题识，阅读，而后束之高阁，最后被当作无用之物卖给收破烂的。

有点像班婕妤诗里那一种况味。她在《团扇诗》中以"夏受宠秋遭弃"的团扇自比，表面写秋扇闲置，实则写自己从受宠到被遗弃在深宫的哀怨。

新裂齐纨素，鲜洁如霜雪。
裁为合欢扇，团团似明月。
出入君怀袖，动摇微风发。
常恐秋节至，凉飙夺炎热。
弃捐箧笥中，恩情中道绝。

班婕妤因为赵飞燕的到来而被汉成帝冷落，最后到长信宫陪太后度时光。这些书呢，表面上看似被原主人当作破烂，但最后的归宿却依然是有人喜欢着，这可比拿团扇自拟的后宫女子不知好多少倍了。

坐看庭外云起时

民间有自成一格的话语体系和评价体系，渗透着农耕文化特有的气息。比如初学走路的小孩子，从举步维艰到跌跌撞撞再到健步如飞，过程中，摔跤是常常发生的事。除了把桌椅板凳移到角落，腾出空间给孩子，用实际行动支持扶持以外，乡间的人们在话语上也同样是鼓励的。面对摔倒在地号啕大哭的小朋友，年轻父母总要心疼不已，而长辈们则会说：跌跤大大，跌跤大大！意谓摔倒一次，孩子就成长一次。

"跌跤大大"的说法，实在是很有哲理，"吃一堑长一智"嘛，所谓成功，就是不断试错的过程。

然而，与"跌跤大大"的鼓励不同，说到"跌跤坐坐"，往往是带了嘲讽揶揄的成分。

我曾经听某婶子数落她老公道："说好一早去土产公司卖萝卜干，困过半个钟头，别人排队，你却去一边吃馄饨，钞票呒有拿进先用起来。等你吃好弄好，收萝卜干的人都要去吃晏饭哉。跌跤坐坐，竟有你这种人，真当气数。"这婶子心不坏，就是一张刀子嘴，邻里都知道，一旁的男人并没有发出声响，大约是习惯了，或者竟也觉得自己做的不大妥当吧。

我体味这一句"跌跤坐坐"，觉得它的意思很丰富，既有不该跌跤之意，又有跌倒了之后就该赶紧爬起来迎头赶上大部队的意思。还原婶子的意思，就是批评老公不该睡过头，既然睡过头了，就该把自行车骑快些，把损失的时间夺回来，更不该把吃早饭放在卖萝卜干之前。

乡间的话语体系真是别具一格。

我们身边的人大致分两种：一种是抓紧抓紧再抓紧，绝不让时间白白流逝，工作生活都用上优选法，单位时间有效利用率惊人。陈佩斯、朱时茂演过一个小品，名字忘了，只记得里面一个细节——堂倌端出一碗面直接倒在桌上，说"里面等着洗碗呢"，真让人笑死。快则快矣，但除了快，还有个啥？另一种人就是拖拖拉拉，办事没有一点效率，凡事总要等到退无可退，才启动"做"的程序。这种"拖拉机"人物，凡事都不会上心，就是乡间说的那种"跌跤坐坐"的人。

明人张宗子《陶庵梦忆》里写有一个故事，因为里面的主人公是钱塘江边的西兴人，所以我记得极清楚。"昔有西陵脚夫为人担酒，失足破其瓮，念无所偿，痴坐伫想曰：得是梦便好。"一个过塘行的伙计因跌跤把别人的酒瓮摔碎了，又赔不起，就坐在地上傻想，希望这一切只是一个梦而已。在这里，"跌跤坐坐"展现的是一种无奈，一种绝望。要是跌跤之后马上起身而去，并不是一种潇洒，我想这脚夫肯定是要逃走，可能逃到钱塘江北岸的杭州城里，省得赔钱。

今年夏天特别热，据说是五十年未遇的热，啤酒之类的饮品成了热销货物。一个快递小哥在路上飞驰，突然跌跤了，货物落了一地。天是如此之热，客户要给差评了，怎么办？小哥的心情肯定沮丧到了极点。然而，我们在视频里看到这么一幕：小哥坐在地上，在散落的货物中拿起一罐啤酒，开始喝起来。看到这里，不禁为这个小哥鼓起掌来，觉得真是潇洒至极。

"跌跤坐坐"原来也是可以当作赞美的。

"行到水穷处，坐看云起时。"事物有两面，看问题不能机械死板一根筋，水可以蒸腾为汽为云，云又成为雨，落下来变成水。

下雨了，有人问一个走得慢的人为什么不跑，那人说："跑什么跑，前面照样在下雨。"说得妙，有时候，我们可以用时间换空间，或者用空间换时间，但并不一定要马上兑现。

生活中，遇到问题不妨"跌跤坐坐"，静静地想一想前因后果，而不是跌煞绊倒急急忙忙朝前跑。

神女峰下烟火情

我对三峡的认识说来话长。

我最早的认识来自郦道元的《水经注》，课本里有一篇出自其中的古文，现在背出来也毫不费力，实在是美文啊："自三峡七百里中，两岸连山，略无阙处。重岩叠嶂，隐天蔽日，自非亭午夜分，不见曦月。至于夏水襄陵，沿溯阻绝。或王命急宣，有时朝发白帝，暮到江陵，其间千二百里，虽乘奔御风，不以疾也。春冬之时，则素湍绿潭，回清倒影。绝𪩘多生怪柏，悬泉瀑布，飞漱其间，清荣峻茂，良多趣味。每至晴初霜旦，林寒涧肃，常有高猿长啸，属引凄异，空谷传响，哀转久绝。故渔者歌曰：'巴东三峡巫峡长，猿鸣三声泪沾裳。'"

还是高中课本，里面有一篇散文，是刘白羽的《长江三日》，重点也是写三峡的，作者把长江比喻成雄壮的交响曲。里面的民谣，"滟滪大如猴，瞿塘不可游；滟滪大如龟，瞿塘不可回；滟滪大如象，瞿塘不可上"，至今没有忘记。

我上大学那会儿，有一部风光片《三峡传说》，运用综合艺术手法，从感官上强化三峡壮美的风光，连带也让我成了李谷一的粉丝，里面那一首插曲《乡恋》成为从此之后的最爱。当时，就想着长大后一定要去长江三峡，领略巫山巫峡气萧森的壮美景象，去朝拜那旦为行云暮为行雨的神女峰。由于这样那样的原因，一直没能实现这个心愿，但心里也没有焦虑感，总觉得三峡永远在那里，随便什么时候去都可以，"截断巫山云雨，高峡出平湖"，估计在我这一辈是不会实现了。

谁能想到呢，竟然真的截流了，横空出世一个葛洲坝水电站。

但关于三峡的影视还是关心的，前几年看过贾樟柯的《三峡好人》，这次周末，在办公室看了《巫山云雨》。我不喜欢追剧，那些当红电视电影，我都没兴趣，我只喜欢看那些经过时间沉淀的有纪实性质的作品。

电视看多了思维会钝化，这已经是不争的事实。我要求自己在被动接收几个小时电视之后，主动消化，把观剧的想法整理出来。

《巫山云雨》人物很少，情节也不复杂。

三十岁的信号工麦强，曾经有个徒弟马兵，马兵后来上了岸，不做长江航道上的信号工，改做生意了，但他总是惦记着自己老实的师傅，想让师傅过上正常人的生活。某一天，马兵带了个应召女郎丽丽上船，可麦强无动于衷。后来马兵在码头遇上为旅店拉客的陈青，又一次撮合麦强，这次麦强入巷了，麦强临走前还把刚发的四百多元工资放在陈青桌上。故事就此展开。陈青想要离开老莫，堂堂正正嫁人，但老莫不愿意，于是就把麦强举报到派出所，要民警定他强奸罪。

人物不多，人物语言不多，人物动作也不多，多的是外部环境描述、人物活动场所的描述。

一台飘满雪花点子的电视机、一副扑克牌、一张断了一条腿的骨牌凳、一个人、一条浩浩长江……麦强是孤独而寂寞的，守着电话机，听单调的指令：上水、下水、几点几分。不带一丝感情色彩，公事公办，枯燥而板直的声音，一如那江中的石头。

但麦强有自己的乐趣，在不接电话的空隙里写并不见得美妙的毛笔字，写一张，然后撕开，擦自己湿漉漉的手。江上的人，吃鱼方便，但麦强并没有胡吃海塞，相反，他非常审慎，桶里有两条鱼，麦强为了招待马兵，把那鱼比较来比较去，然后决定取舍。观众对麦强的认识，就从这两个细节开始：一个外貌老实内心丰富的大龄青年。

热闹的市井、小旅馆、公共厕所、阁楼、面条、鱼……这是陈青的活动场所，也是岸上小市民的活动场所。

然后，开始主要讲陈青的故事。

麦强再出场，是被派出所民警传唤的。

出现在我们面前的麦强，胡子与头发都很长，手里拿着一圈写毛笔字的宣纸，他跑到岸上来理发，结果被老莫发现，老莫认定他强奸了自己的情人陈青，一定要民警定他的罪。

在这里，通过麦强的交代，他性格中侠义的一面再一次凸显——前一次是他对待应召女郎丽丽，他没有动她一个指头，丽丽夜泳长江，麦强给她披上自己的外衣，丽丽跟马兵算账，麦强点头承认自己与丽丽子虚乌有的肉体关系。他坦率承认自己与陈青睡了觉，因为他在睡梦中见过陈青，临走之前，他把自己刚发的四百多元工资全留在陈青母子的小屋。

电影最后的镜头是：麦强听马兵说陈青的处境越来越糟时，毅然涉水上岸，去找陈青，而陈青似乎也知道他一定会来，在阁楼那里，两人面对面站着，没有常见的拥抱，迎接麦强的，是陈青暴雨般落下的拳头，可是每个观众都明白，从此，陈青和她的儿子将有一处避风的港湾，麦强的信号台将会因有女人出没而充满生机。

我喜欢看这样的电影，没有虚饰，没有夸大，展现小人物原汁原味的生活，能从里面看到自己的影子。

自报家门为哪般

　　古时候，人们萍水相逢，总要自报家门，姓甚名谁，家住何地，做啥营生。反映在古典书籍或者戏文当中，人物出场都是如此这般开门见山。

　　《三国演义》第一回写"桃园三结义"，主角刘备关羽张飞三人出场，依次自我介绍：

　　张飞道：某姓张名飞，字翼德，世居涿郡，颇有庄田，卖酒屠猪，专好结交天下豪杰。

　　刘备道：我本汉室宗亲，姓刘名备。

　　关羽道：吾姓关名羽，字长生，后改云长，河东解良人也。

　　张飞在这里的介绍比刘备、关羽多了两点：一是做什么工作，二是性格特点。可见"桃园三兄弟"中三弟性情比两位兄长要爽快得多。

　　《水浒传》里的英雄们更是简洁明了，介绍自己时没有多余的话。如第二十七回孙二娘暗算武松，反被武松扑杀。

书里写道：武松跳将起来，把左脚踏住妇人，提着双拳……（张青）说道："愿闻好汉大名。"武松道："我行不更名，坐不改姓，都头武松的便是。"那人说："莫不是景阳冈打虎的武都头？"武松回道："然也。"那人拜下来，说，她是我妻子，不知怎么冒犯了都头，请都头恕罪。武松说，你夫妇也不是平常人，尊姓大名？那人介绍说，我是菜园子张青，我妻子叫母夜叉孙二娘。

都头武松、菜园子张青、母夜叉孙二娘，一场惊天动地的争斗就消弭在这寥寥几字当中，没一点虚饰，没一点夸耀。

比起江湖英雄的豪迈，文人墨客的自我介绍就不是几个字几句话所能解决的了。

我所知的最早的自我介绍，当推楚国的屈大夫屈原。

帝高阳之苗裔兮，朕皇考曰伯庸。摄提贞于孟陬兮，惟庚寅吾以降。皇览揆余初度兮，肇锡余以嘉名。名余曰正则兮，字余曰灵均。纷吾既有此内美兮，又重之以修能。

——《离骚》

在这里，屈原将自己家族的来历、自己的生辰和名字简要介绍之后，着重介绍自己的"内美"与"修能"，即品德高尚与能力突出。屈原说，我不仅出身高贵，更注重自己的内心修养和能力提升。比起刘关张的介绍，不知高出几个档次。

汉武帝时期的东方朔，写给皇上的简历是这样的：

"十五学击剑，十六学诗书，诵二十二万言。十九学孙吴兵法，战阵之具，钲鼓之教，亦诵二十二万言。凡臣朔固已诵四十四万言，又常服子路之言。臣朔年二十二，长九尺三寸，目若悬珠，齿若编贝，勇若孟贲，捷若庆忌，廉若鲍叔，信若尾生。"

这是一份充满自信和豪情的自我介绍，将能力的描述放在前面，而将年龄、身高放在后面，可谓围绕中心突出重点。最后，他说："若此，可以为天子大臣矣。"我这样的人肯定能成为天子您的大臣了吧。谁说不是呢，史传东方朔是汉武帝最宠幸的大臣，晚年的汉武帝相信神仙之说到了痴迷的地步，只有东方朔才能用诙谐的话语惊醒他。

白，陇西布衣，流落楚汉。十五好剑术，遍干诸侯。三十成文章，历抵卿相。虽长不满七尺，而心雄万夫。皆王公大人许与气义。此畴曩心迹，安敢不尽于君侯哉。

——李白《与韩荆州书》

甫昔少年日，早充观国宾。读书破万卷，下笔如有神。赋料扬雄敌，诗看子建亲。李邕求识面，王翰愿卜邻。自谓颇挺出，立登要路津。致君尧舜上，再使风俗淳。

——杜甫《奉赠韦左丞丈二十二韵》

中国最伟大的两位诗人李白和杜甫都生在唐朝，但他们却都没有建功立业的机会。李白到处投简历，投给韩朝宗、玉真公主、贺知章，不晓得花了多少笔墨，但最后，

"为君谈笑静胡沙"的夙愿并没有实现，只好"且放白鹿青崖间"。杜甫生逢乱世，他的理想是"致君尧舜上，再使风俗淳"，可最后还是"自经丧乱少睡眠，长夜沾湿何由彻"。

两宋之交的朱敦儒另有自我介绍的范本：

我是清都山水郎，天教分付与疏狂。曾批给雨支风券，累上留云借月章。　　诗万首，酒千觞。几曾着眼看侯王？玉楼金阙慵归去，且插梅花醉洛阳。

——《鹧鸪天·西都作》

这大约是最为"狂放"的自我介绍。诗人开宗明义，清楚告诉世人"我是天上掌管山水的仙官"，摆明了非凡间庸常之辈，"天教分付与疏狂"，我这疏狂秉性是老天爷给的，天生的脾气不好惹。"我曾批示过刮风下雨这样的重要天气事件，也曾对留下彩云和月亮这样的要事提出建议。"雨师风伯的活，现在交给我来做了。老朱牛气，尘世的人居然管着天上神仙的事。

元代的关汉卿比前辈更狂，"狂"得更具体：

［梁州第七］我是个普天下郎君领袖，盖世界浪子班头。愿朱颜不改常依旧，花中消遣，酒内忘忧。分茶攧竹，打马藏阄；通五音六律滑熟，甚闲愁到我心头？伴的是银筝女银台前理银筝笑倚银屏，伴的是玉天仙携玉手并玉肩同登玉楼，伴的是金钗客歌金缕捧金樽满泛金瓯。你道我老也，暂休。占排场风月功名首，更玲珑又剔透。我是个锦

阵花营都帅头，曾玩府游州。

——《【南吕】一枝花·不伏老》

　　将一个浪荡公子的形象活脱脱描摹在纸上，并自豪地宣布：即便年岁渐长，也改变不了这一颗风尘游戏的心。我关汉卿是谁啊？"我是个蒸不烂、煮不熟、捶不匾、炒不爆、响珰珰一粒铜豌豆，恁子弟每谁教你钻入他锄不断、斫不下、解不开、顿不脱、慢腾腾千层锦套头？"

　　英雄白马啸西风，文士寸管描壮志。无论哪一种自我介绍，都是一种行不更名坐不改姓的自信与豪迈。

有女怀春吉士诱

早前，一首《纤夫的爱》火遍大江南北。

曲调明快，情感率真火热，引起听者极大共鸣。至于歌词，倒有许多不同意见。

"妹妹你坐船头，哥哥在岸上走，恩恩爱爱纤绳荡悠悠。"这歌开头几句，就让一位背过纤绳的老者嗤之以鼻：一看就是在书房里写的歌词，纤绳荡悠悠？脚筋都要断哉。

更让人诟病的是歌曲的最后几句："你汗水洒一路，泪水在我心里流。只盼日头它落西山沟哇，让你亲个够。"

事实可能就是这么个情况，但堂而皇之在台上大声歌唱，好像并不符合我们民族含蓄的特点，所谓"只可意会不可言传"者也。

不过，老百姓是喜欢这首歌曲的。

让我一次爱个够。爱就爱个天翻地覆。民间老百姓的爱就是这么赤裸裸。"让你亲个够"又有何不可啊。

民歌里面多的是这种浓得化不开的爱情，让你脸红心

跳，让你刻骨铭心。

> 对坝坝（那个）圪梁梁上那是一个谁
> 那就是（那个）要命的二妹妹
> 那山上（那个）长着（呀）十个样样（着）草
> 一样样我（那）看见妹子九样样好
> 哥哥我在（那）圪梁（呀）妹妹你在（哪）沟
> 心思你要是对了妹子你就摆摆手

《蓝花花》是陕北民歌中流传最广的经典作品之一，从20世纪30年代唱至今天，是根据延安临镇的真人真事改编的。最后一段是这样写的：

> 手提上那个羊肉怀里揣上糕
> 拼上性命我往哥哥家里跑
> 我见到我的情哥哥有说不完的话
> 咱们俩死活呦长在一搭

热烈、真挚、有情有义。我手头有一本《河阳山歌》，是江苏张家港那一地的民歌，里面关于爱情的内容，直白得让人目瞪口呆。

小山村陆秀英唱《云遮月》：

> 初三夜里月如钩
> 半暗半明人相搂

句句闲话暖心肠

郎勿脸红奴勿羞

小山村陈兴唱《问娘》：

十八姐女长过娘

眼白洋洋责问娘

侬再勿嫁奴夫家去

勿要怪奴房中抱出小外孙

马路村曹荷宝唱《桑园中碰着我情郎》：

郎采桑来姐采桑

桑园中碰着我情郎

胸前两奶郎摸扣

口中馋唾郎哺干

在民歌的世界里，青年男女目无礼法，任天性而为，"礼岂为我辈设哉"？

中国最古老的诗歌总集是《诗经》，那三百零五篇作品中，有许多是对青年男女爱情的歌颂，像《溱洧》《木瓜》《蒹葭》《桃夭》都是人们耳熟能详传唱不衰的。特别是这首《野有死麕》，尺度之大，与上面所列民歌相比，有过之而无不及。

《野有死麕》：

野有死麇，白茅包之。有女怀春，吉士诱之。

林有朴樕，野有死鹿。白茅纯束，有女如玉。

舒而脱脱兮！无感我帨兮！无使尨也吠！

荒野里有一头死麇，用白色茅草包得很精致。美丽的少女在怀春，勇敢的猎人已经捕捉到了这个信息。

丛林间又出现一个白色茅草包着的死鹿。茅草白又白，女孩美若仙。

女孩提醒说："别着急，慢慢来！动作轻一点，别弄响了我围裙上的配饰，别惊动了大黄狗，叫得让人知道。"

《野有死麇》三段的字面含义就是如此。

孔子说:《诗》三百，一言以蔽之，曰思无邪。《诗经》中三百多首诗，用一句话来概括，就是思想纯正。

这"思无邪"三字，一直影响了两千余年。

但朱熹疾言厉色，要读《诗经》的人"思无邪"。

两位夫子所说的思想纯真，除了他们自己相信自己能做到，老百姓们不相信也做不到，他们只挑自己感兴趣的读，只按自己的套路来理解。

面对这样的先民歌唱，如何让人"思无邪"啊？就算时光飞逝到了21世纪的今天，读这首诗的少男少女们仍会脸红心跳。

飞扬的生命、律动的青春、旺盛的荷尔蒙，《诗经》和它代表的民歌就这样生生不息，唱响中华大地。

青莲居士携妓行

李白，字太白，号青莲居士，全世界最有名的大诗人之一。

"诗酒李太白"，是前人对他的称谓。大诗人杜甫说得更为形象生动：李白斗酒诗百篇，长安市上酒家眠，天子呼来不上船，自称臣是酒中仙。诗仙酒仙，李白合二为一。

李白生前承认自己"酒肆藏名三十春""留连百壶饮""一饮三百杯""将进酒，杯莫停"，这些都是夫子自道。后人估摸着，他这一生喝的酒将近五十吨。酒是他一生的最爱，"五花马，千金裘，呼儿将出换美酒"，在他人生的最后时刻，趁酒捉月，最终抱月江底，羽化而登仙。

除了爱酒，李白还爱携妓出游，这也有他的诗句作证。

唐代冶游之风特盛，官吏士民，狎妓宿娼，可谓司空见惯。有名的如杜牧，"十年一觉扬州梦，赢得青楼薄幸名"，如孟郊，"春风得意马蹄疾，一日看尽长安花"。连整天忧心国事的杜甫，也免不了艳风的熏染，"放荡齐赵间，裘马颇清狂"，"放荡"与"清狂"二词，正是他年轻时的写照，而"清江白日落欲尽，复携美人登彩舟""愿携王赵两红颜，再骋肌肤如素练"，一个"复"字，一个"再"字，说明与"美人""红颜"肌肤相亲不是偶为一次。我们读老杜的诗，感觉总是那么沉郁顿挫，这些风流韵事，有点出乎读者的意料，更多的是展示当时的社会风气。

生逢其时，青莲居士李白当然不会例外，他的许多诗作都染有胭脂香粉，以致二百年之后的王安石见了李白的诗，气不打一处来，骂李白"识见污下，十首九首说妇人与酒"。王安石是有名的"拗相公"，总是与人拗来拗去的，拗同时代的人，也拗不同时代的人，拗得自己跟自己过不去。

大唐李白携妓出游不是静悄悄的，他大张旗鼓，唯恐世人不晓。

李白写诗，对标的是南齐谢朓，有"一生低首谢宣城"之说，他拥妓，对标的是东晋谢安。

谢安，字安石，历史上有名的政治家，成语"东山再起"的主角，早年曾隐居会稽东山，四十岁之后才出仕，在淝水之战中击败前秦苻坚，安定了东晋的政治局面。虽说身为宰辅，但谢安仍心系东山，就在都城东南仿照东山筑土为山，名之为"土山"，又在土山上建楼馆竹林，经常携妓前往，或请士人、子侄来此游赏。

"碧草已满地，柳与梅争春。谢公自有东山妓，金屏笑坐如花人。"李白写诗羡慕谢安。

谢安雄才大略，风流倜傥，是李白的精神偶像。

王安石说李白诗中"十首九首说妇人与酒"，一点没错。

其实很多时候，李白都是在效仿谢安。

"携妓东山去，怅然悲谢安。"

"我今携谢妓，长啸绝人群。欲报东山客，开关扫白云。"

明明说的是归隐，应该杜绝人欲才是，可还是要学谢安带几个妓女做做伴。

然而，事实是，李白没有谢安那样的财力物力去筑一个东山来蓄妓，毕竟他只是一个落拓的文人，居无定所，谈什么金屋藏娇？不过这不妨碍他"每出游，必以女妓从"的谢安态。别以为李白每次出行都要妓女陪伴是"过火"的行为，前面说过，彼时彼地，大唐的长安，是娼妓的天上人间，文人要妓女，妓女也找文人。就说李白，他刚从四川到金陵，便有一位能歌善舞的女子来投奔他：

> 金陵城东谁家子，窃听琴声碧窗里。
> 落花一片天上来，随人直渡西江水。
> 楚歌吴语娇不成，似能未能最有情。
> 谢公正要东山妓，携手林泉处处行。

多么美妙的可人儿啊，似一片落叶从天而降，让李白离谢安又近了一步。

然而，李白再怎么效仿谢安，对他实现政治抱负都无济于事。这个"十五好剑术，遍干诸侯""虽长不满七尺，而心雄万夫"的文人，永远忘不了内心的那一份初衷："奋其智能，愿为辅弼，使寰区大定，海县清一。"他想像谢安那样"为君谈笑静胡沙"，携妓东山只是一种手段，目的是"安黎元"。

李白携妓而行，是大家都能看到的，而他内心的悲情却是别人看不到的，王安石看不到，我们更不用说。

杜牧落笔项羽伤

刚写下这个题目，就想起一出相声——《关公战秦琼》，关公指着秦琼责问：你在唐朝我在汉，咱俩打仗为哪般？杜牧是唐人，项羽是秦人，隔着千年时光，杜牧怎么就伤着了项羽？

就为一篇《阿房宫赋》。

《阿房宫赋》是杜牧的名篇，写于他的青年时代，时年二十一岁。

杜牧笔下的阿房宫，雄伟壮丽，气势恢宏，"覆压三百余里"。曹雪芹在《红楼梦》里写贾史王薛四大家族富贵逼人，就用阿房宫来比贾母娘家史家——阿房宫三百里，住不下金陵一个史。

为什么后人看不到如此辉煌的阿房宫？杜牧在文章里写得明明白白：楚人一炬，可怜焦土。这个"楚人"，就是项羽，当时叫"西楚霸王"。

《史记·项羽本纪》记载，项羽"烧秦宫室，火三月不灭"，两相一对照，这被烧的秦宫室，虽然没有名姓，但十有八九就是阿房宫了。

后人读《阿房宫赋》到这里，都要骂一句：项羽这厮可恶！难怪他的谋士范增也骂他"竖子不足与谋"。

诗人与作家都拿阿房宫被烧来指责项羽，看来，西楚霸王逃不脱干系了。

秦始皇三十五年，也就是公元前212年，秦始皇决定在渭南上林苑中选址建造一座作为帝国中心的宫殿，这就是阿房宫。《史记·秦始皇本纪》记载："（始皇）乃营作朝宫渭南上林苑中……作宫阿房，故天下谓之阿房宫。"司马迁告诉我们，秦始皇是在渭南上林苑一处名为"阿房"的地方营建帝国朝宫的，故取名为"阿房宫"。

有史书为证，这阿房宫是确实存在的。

那么，它是几时建成的呢？

据文献资料及后来的考古发现，两千三百年前的阿房宫最终没有建成，但有以下几点是可以确定的：

1.营建于渭南上林苑中。

2.前殿建于阿房，暂名阿房宫。

3.宫周仅完成了三面墙的建设。

4.是一座东西长南北窄的长条形建筑。

这个不是我的臆测，有考古成果为证。

2002—2004年，由中国社会科学院考古研究所与原西安市文物保护考古所组成的阿房宫考古工作队，对秦阿房宫前殿遗址进行了全面钻探，确认"阿房宫前殿并没有最终建成，只建成了夯土台基及北墙、东墙和西墙（墙顶部有建筑)"。同时也判定"阿房宫前殿遗址没有遭到大火焚烧"。

啥？千几百年都传是项羽烧了阿房宫，考古发现却公告天下根本没有这回事。

相声里关公责问秦琼：你在唐朝我在汉，咱俩打仗为哪般？！

地底下项羽揪住杜牧：你在唐朝我在秦，污人清白是何因？！

是啊，杜牧为何在《阿房宫赋》里，捏造项羽火烧阿房宫一事呢？

杜牧的家，位于唐长安城的安仁里，与阿房宫直线相距十二点三千米。他家的家庙位于延福坊，与阿房宫直线相距十点五千米。估计杜牧小时候经常跟着当官的祖辈父辈到阿房宫去。去是去过，但估计跟现在中学生春游秋游差不离，那是玩儿，写起作文来，描述就不一定真实可靠了。比如这"楚人一炬"，那就是个捏造，退一万步，也是胡说八道。

杜牧写文章的那一年，刚过二十周岁。年轻人有家学渊源，下笔如有神助，可太不严谨啊，把那么大一个罪名安在项羽头上，要不是霸王早死几百年，看怎么收拾你杜牧。

不过，杜牧这样写是有原因的。

长庆四年（824），也就是杜牧写《阿房宫赋》的这一年，十五岁的唐敬宗即位。敬宗好游戏，大修宫室，沉湎声色，把已经风雨飘摇的唐王朝拖到更坏的境地。杜牧看在眼里，便假借秦朝故事来讽刺唐敬宗。"宝历大起宫室，广声色，故作《阿房宫赋》。"杜牧在《上知己文章启》中明确表示自己写此文的意图。这就说明，在这篇文章中，阿房宫只是一个道具，杜牧借用这个道具来达到他劝谏讽喻当今皇上的目的，提醒皇帝勤政爱民不靡费。

杜牧的时代，没有文责自负一说，当时文坛还盛行影射政敌这样的写法，如牛李党争时期，牛僧孺和李德裕互相以小说的形式影射对方，时人不以为怪。所以，小杜当时拉了个项羽，做火焚阿房宫的罪魁，反正史书上就有项羽"火烧秦宫室，三月不灭"的记载，咸阳宫也好，阿房宫也好，都是秦宫室啊。

只是，他只知其一，不知其二。历史上是有个阿房宫，作为史学家杜佑的孙子，他肯定知道。但他不知道的是，阿房宫是个并没有建成的"半拉子工程"，是个"烂尾楼"，后来在历史的风雨中自然湮没成了一个土堆。他没有细究，就想当然了。

于是，死了上千年的项羽就这样躺着中枪了。

不过，虽说项羽没有火烧阿房宫，可他那一把三月不灭的大火，把咸阳宫烧得不复存在了啊。

楚霸王也不算冤枉。

更喜岷山千里雪

2021年是中国共产党成立一百周年。

在我党我军的历史上，长征是一次意义重大的战略大转移。

1934年10月，红军从江西瑞金出发，1935年1月在贵州召开遵义会议，确立了毛泽东同志的领导地位。在毛泽东的指挥下，红军巧渡金沙江，强渡大渡河，过雪山草地，突破国民党的围追堵截，辗转十一个省份，最后于1935年10月18日到达陕北的吴起镇，历时正好一年。

一年的时间，在岁月的长河中几乎可以忽略不计，但是长征的一年，不仅改变了我们的军队，也改变了我们的党和国家。

在总结长征的历史意义时，毛泽东生动地指出："长征是历史纪录上的第一次，长征是宣言书，长征是宣传队，长征是播种机。自从盘古开天地，三皇五帝到如今，历史上曾经有过我们这样的长征么？十二个月光阴中间，天上每日几十架飞机侦察轰炸，地下几十万大军围追堵截，路上遇着了说不尽的艰难险阻，我们却开动了每人的两只脚，长驱二万余里，纵横十一个省，请问历史上曾有过我们这样的长征么？没有，从来没有的。"（《毛泽东选集》第1卷）

长征胜利到达陕北后的一天，毛泽东同志难抑澎湃的心潮，还用史诗笔法，写下《七律·长征》。

> 红军不怕远征难，万水千山只等闲。
> 五岭逶迤腾细浪，乌蒙磅礴走泥丸。
> 金沙水拍云崖暖，大渡桥横铁索寒。
> 更喜岷山千里雪，三军过后尽开颜。

毛泽东同志的丰功伟绩举世钦敬，他是伟大的革命家，是我们党我们军队和新中国的缔造者。同时，毛泽东也是一位诗人，他的诗词造诣在现当代可以说是孤峰独绝。在戎马倥偬的长征时期，毛泽东写下了诸如《十六字令三首》《忆秦娥·娄山关》《六言诗·给彭德怀同志》等诗篇。在《忆秦娥·娄山关》词作里，毛泽东自注道：万里长征，千回百折，顺利少于困难不知有多少倍，心情是沉郁的。而这首《七律·长征》写在长征胜利之后，诗里昂扬着革命的乐观主义，有别于前期的"沉郁"。

本诗的主题是歌颂红军，概述长征。

诗歌首联即点出红军战士英勇顽强的大无畏气概：万里远征"不怕难"，万水千山"只等闲"。首联统领全诗，奠定基调。

颔联承上写千山。中国西南山多山险，"五岭""乌蒙"是其代表。"逶迤"者，状山势连绵不绝，"磅礴"者，点出山之高山之险。山高人为峰，在红军战士眼里，这些最高最险的山都是可以跨越的，不过是"腾细浪""走泥丸"而已。

　　颈联承首联的"万水"而写。金沙江的水，大渡河的桥，一暖一寒，明写江水和铁索，实际上赞美的是红军战士。1935年5月，红军先头部队奇袭对岸守敌，巧渡金沙江，作者用一"暖"字表达内心喜悦，而大渡河上泸定桥是红军勇士用生命换来的，且不说夺桥之前一日急行军二百四十里，单是夺桥时枪如林弹如雨，如今回想起来，仍让后人对红军战士充满崇敬。诗人笔下，用一个"寒"字作结，写出战果来之不易，同时也有对红军战士流血牺牲的缅怀。

　　尾联以情带景，描写长征的最后时刻，以喜悦的心情，赋岷山以人的情感——尽开颜。

　　《七律·长征》是对长征这一大转移大进军的如实写照和热情歌颂，集中体现了红军的英雄豪迈，是浪漫主义与现实主义相结合的艺术珍品，全诗以"不怕难""只等闲"为主旋律，把红军在长征过程中战胜千难万险的英勇业绩用五十六个字加以概括，形象生动、意蕴悠长，读来荡气回肠。

花草无赖最可人

无赖花草无赖人

无赖人可恶，这是人所共知的。

哪样的人算是无赖？词典上说是这两种人：一种是"撒泼放刁，蛮不讲理"的人；一种是"游手好闲，品行不端"的人。

确实，无论生活中遇上哪一种无赖，你都只能自认晦气，淘气破财是小事，有时甚至可能带来灾祸。

无赖人之一，鲁迅先生笔下的阿Q算一个。阿Q穷得只剩下一条底裤，在未庄这个生活环境中，面对赵太爷一类上层人物，他可以自打嘴巴，骂自己不是人，对与自己差不多的如王胡这一类人，能打就打，打不过就讨饶，对那些地位在他之下的如尼姑、吴妈之类，就是调戏，惹得尼姑骂他"断子绝孙"，吴妈听到他说"吴妈我要和你困觉"时，要上吊寻死。

有一次他肚子饿，就去静修庵偷萝卜，老尼姑出来干涉："阿弥陀佛，阿Q，你怎么跳进园里来偷萝卜……阿呀，罪过呵，阿唷，阿弥陀佛……"

"我什么时候跳进你的园里来偷萝卜？"阿Q且看且走地说。

"现在……这不是？"老尼姑指着他的衣兜。

"这是你的？你能叫得他答应你么？你……"

阿Q就是这么一个无赖。

《红楼梦》里的王熙凤是一个光彩照人的艺术角色，是脂粉堆里的英雄，但是她有时候"撒泼放刁，蛮不讲理"，也算是无赖之一。

《红楼梦》第六十八回"苦尤娘赚入大观园，酸凤姐大闹宁国府"，讲的是贾链在外偷娶尤二姐之事被王熙凤知晓，王熙凤便从荣国府跑到宁国府大闹——凤姐儿滚到尤氏怀里，嚎天动地，大放悲声，只说："给你兄弟娶亲，我不恼。为什么使他违旨背亲，将混账名儿给我背着？咱们只去见官，省得捕快皂隶来拿。再者，咱们过去，只见了老太太、太太和众族人等，大家公议了，我既不贤良，又不容男人买妾，只给我一纸休书，我即刻就走。"一套锣鼓下来，接着王熙凤对尤氏更是步步紧逼，哭着，搬着尤氏的脸，问道："你发昏了？你的嘴里难道有茄子塞着？不就是他们给你嚼子衔上了？为什么你不来告诉我去？你若告诉了我，这会子不平安了？怎么得惊官动府，闹到这步田地？你这会子还怨他们！自古说：'妻贤夫祸少'，'表壮不如里壮'，你但凡是个好的，他们怎敢闹出这些事来！你又没才干，又没口齿，锯了嘴子的葫芦，就只会一味瞎小心，图贤良的名儿。"这便是王熙凤式的无赖，明明自己吃醋呷酸，却把这锅硬甩给尤氏，让尤氏吃不了兜着走，只好一个劲地赔礼道歉。尤氏也哭道："何曾不是这样，你不信，问问跟的人，我何曾不劝的？也得他们听。叫我怎么样的呢？怨不得妹妹生气，我只好听着罢了。"

除了上述意义上的无赖，生活中，我们还会听到长辈亲昵地称呼小孩子为"小无赖"。我父亲见到重孙子，就会激动得语无伦次："我的小无赖来了，快给我抱一下吧。"父亲对他嘴里的无赖，不知有多喜欢呢。这让我想起辛弃疾词里那一句"最喜小儿无赖，溪头卧剥莲蓬"，道理一个样，都是有爱有怜有喜欢。

小儿无赖惹人爱，植物无赖也可人啊。辛弃疾在《浣溪沙》中写道："啼鸟有时能劝客，小桃无赖已撩人。"桃花开始"撩拨"路上的行人。"无赖"一词很好地写出了桃花的顽皮与诗人内心的喜爱。李商隐在《二月二日》里写花柳的美妙也用了"无赖"一词，"花须柳眼各无赖，紫蝶黄蜂俱有情"。"无赖"与"有情"对举，无赖即有情，有情即无赖，万物都是可爱可喜的。还有徐凝写的扬州的月亮，也同样"撩拨"得人"爱爱爱爱爱你不完"：天下三分明月夜，二分无赖是扬州。

不过，"无赖"一词，总的来说，就是拂逆人意让人无奈啊。譬如曹雪芹这句"无赖诗魔昏晓侵"，诗心成魔还不够，前面再加个定语"无赖"，这诗魔真不让人安生，黄昏拂晓都缠着人不放。无赖诗魔，形象生动。宋朝秦观也有句"晓阴无赖似穷秋"，这个老天总是阴着脸不见阳光，明明是春天却像深秋，你这是几个意思呢，简直是无赖透顶啊。"无赖"仿佛写出了景色的"无理取闹""胡作非为"，跟自己刻意过不去，很好地点出了诗人内心的烦愁。往前推，还有杜甫《送路六侍御入朝》中的"剑南春色还无赖，触忤愁人到酒边"，无边春色，与满怀忧伤的诗人形成一种反差，春色强大到让诗人暂时压抑了内心的忧愁，但诗人知道，这被压抑的忧伤只会反弹成更重更深的愁绪。

"无赖"一词，最开始其实是"无所依靠"的意思，跟耍流氓没有任何关系。它最早出现在司马迁的《史记·高祖列传》中："始大人常以臣无赖，不能治产业，不如仲力。"

因此，在汉代，"无赖"并不是一个贬义词。魏晋时期成书的《西京杂记》中记载："广川王去疾，好聚无赖少年，游猎毕弋无度。"到了唐宋年间，诗人们为了将景色描绘得栩栩如生，经常使用"无赖"一词，如上面所引诗句。

而人们在表达自己感情时，有时正话反说，有时反话正说。比如，很多女孩子会用"真讨厌"来表达自己对亲昵的人的喜欢，"无赖"也这样由"讨厌"转为令人喜欢、可爱的意思了。

绿叶素荣橘最美

绿叶素荣，这是橘树的春天；明黄丹朱，这是橘树的秋天。

橘是南方植物。《晏子春秋·内篇·杂下》载："橘生淮南则为橘，生于淮北则为枳，叶徒相似，其实味不同。"按晏子的说法，淮河以南种出来的橘子，才叫橘子，淮河以北，橘树只产枳子，味道与橘子完全不同。

橘子的味道让人回味无穷。

大年初一，绍兴城内周家台门，一个男孩睁开双眼迎接温暖的阳光，说过一句"恭喜"之后，保姆赶紧往他嘴里塞些冰冷的东西，这是除夕夜就准备下的"福橘"。

晚年的鲁迅在回忆童年生活时，犹记得橘子带给他的味道：冰冷的口感之外，有祝愿有温暖，蕴含着一种叫幸福的滋味。

1928年，二十岁的朱自清要去北平求学，他当时与父亲有隔阂，不想让父亲送，但拗不过。在等待火车开动的时候，父亲千叮万嘱，朱自清接下来写道：

他往车外看了看说，"我买几个橘子去。你就在此地，不要走动。"

我看那边月台的栅栏外有几个卖东西的等着顾客。走到那边月台，须穿过铁道，须跳下去又爬上去。

父亲是一个胖子，走过去自然要费事些。我本来要去的，他不肯，只好让他去。

我看见他戴着黑布小帽，穿着黑布大马褂，深青布棉袍，蹒跚地走到铁道边，慢慢探身下去，尚不大难。可是他穿过铁道，要爬上那边月台，就不容易了。他用两手攀着上面，两脚再向上缩；他肥胖的身子向左微倾，显出努力的样子。这时我看见他的背影，我的泪很快地流下来了。我赶紧拭干了泪。怕他看见，也怕别人看见。

我再向外看时，他已抱了朱红的橘子往回走了。过铁道时，他先将橘子散放在地上，自己慢慢爬下，再抱起橘子走。到这边时，我赶紧去搀他。他和我走到车上，将橘子一股脑儿放在我的皮大衣上。于是扑扑衣上的泥土，心里很轻松似的。

是的，此刻的父亲是轻松的，他完成了自己对儿子的关爱。在这里，抽象的父爱由橘子代言，同样，儿子的感动，儿子对父亲由怨恨转为内疚的情感，也通过明黄甘甜的橘子传递给了读者。

有个成语叫"千头木奴"，出自《三国志·吴书三》，讲的是吴国官员李衡为家人生计考虑，背着清高的太太偷偷种下一千多棵橘树的故事。李衡去世后，他种下的橘树开始收获，每年能置换绢帛几千匹，他的后代因此家境富足。千头木奴，就是一千棵橘树，是可以维持生计的家产，这是李衡给家人备下的一份生活无虞的保障。

橘子也好，橘树也罢，总之一句话，这一种植物，是美好情感的载体，值得人们赞美。

当然，最可歌颂的，是橘树具有的"不可迁移"的物性，在某种程度上象征人格的高尚。

屈原早年有一首诗叫《橘颂》，是我国文学史上第一篇文人咏物诗，开启了后世咏物诗的先河。

橘颂，就是赞颂橘树，讴歌橘树坚定不移的高贵品质。这实际上是诗人对高尚人格的赞美和肯定，也是诗人对理想和人格的表白。屈复《楚辞新集注》所谓："通篇皆自喻也，句句颂橘，句句非诵橘。"

后皇嘉树，橘徕服兮。

受命不迁，生南国兮。

深固难徙，更壹志兮。

绿叶素荣，纷其可喜兮。

曾枝剡棘，圆果抟兮。

青黄杂糅，文章烂兮。

精色内白，类任道兮。

纷缊宜修，姱而不丑兮。

嗟尔幼志，有以异兮。

独立不迁，岂不可喜兮？

深固难徙，廓其无求兮。

苏世独立，横而不流兮。

闭心自慎，终不失过兮。

秉德无私，参天地兮。

愿岁并谢，与长友兮。

淑离不淫，梗其有理兮。

年岁虽少，可师长兮。

行比伯夷，置以为像兮。

受命不迁、深固难徙、独立不迁、苏世独立、行比伯夷，诗里对于橘树的这些美誉，无不映射着屈原自己的品性，"安能以身之察察，受物之汶汶者乎？宁赴湘流，葬于江鱼之腹中，安能以皓皓之白，而蒙世俗之尘埃乎？"

苏轼在"楚颂帖"中写道："屈原作橘颂，吾园若成，当作一亭，名之曰楚颂。"苏轼敬屈原，并追求旷达豪放，乌台诗案之后，被流放黄州，曾有建"楚颂亭"的设想。我前些年去宜兴，游历了位于丁蜀镇蜀山南麓的东坡书院，那是当年苏东坡任常州知府时买地修建而成的。我曾抄写了廊柱上的一副对联：何必木奴千头，但楚颂亭成，香满洞庭皆逸兴；本无郭田二顷，况荆溪船入，山怀西蜀即前缘。

山川信美，风物绝佳，此中华之自然面目，而一代又一代有识之士有为之人，则更让中华文明生生不息光耀东方。

东风是个两面派

　　也许有人会说：错了错了，东风只是一种风，一种自然现象，怎么可能是两面派呢，人是人，风是风，怎么搭得上啊。

　　东风确实是一种自然现象，是从东面吹来的风，"东方风来满眼春"嘛。民间有谚语说，"东风急溜溜，难过五更头"，意思是晚上如果刮东风，不到凌晨就会下雨。"东风四季晴，只怕东风起响声"，还有"夏东风，燥松松"，这里的"东风"都是自然意义上的从东面吹来的风。

　　但东风除了这个自然意义外，还有丰富的文学文化意味呢。

　　先说东风是如何跟人搭上关系的。

　　这是诗人牵的线。诗人们认为东风与人有关系，"东风"就是个男子汉。

　　北宋文豪欧阳修为了挽留春天，就"把酒祝东风，且共从容"，让东风不要匆匆归去，要从容，要自在不迫。

"东风"在他眼里，就是个神一样的存在。与欧阳修不同，南宋刘克庄认为东风这个所谓的神是个糊涂虫，"东风谬掌花权柄，却忌孤高不主张"，东风掌管了花朵开放的命运，理应一视同仁，可它忌"孤高"，对那些如梅花这样高洁的花不闻不问，还不停打压。读到这里我们就知道了，作为主战派的刘克庄，对南宋当局一味苟安非常不满。这个"谬掌权柄"的东风，就是南宋当局的写照。

"东风又作无情计，艳粉娇红吹满地。"在晏几道眼里，"东风"也是个人，但是个不好的男人，是个"无情"汉，一个"又"字，写出这男人已经不止一次如此无情了。东风的无情，导致"艳粉娇红"香消玉碎，真是太过可恶。

与晏几道一样的，还有南宋的陆游。一句"东风恶，欢情薄"，把自己的母亲比喻成可恶的东风，怪她生生拆散了他与唐婉的婚姻。在那个讲孝道的社会里，陆游真是个爱情至上的"狂徒"啊。

还有诗人用"东风"比喻婚姻中的男方。

唐人李贺有诗："花枝草蔓眼中开，小白长红越女腮。可怜日暮嫣香落，嫁与东风不用媒。"

宋人张先有词："沉恨细思，不如桃杏，犹解嫁东风。"

春花随东风而飞舞，追东风而去，仿佛女子出嫁随夫，故称此为"嫁东风"，或者称为"嫁春风"也很得当。

自然界的落花随风，与人世间的男婚女嫁何等相似。一个"嫁"字，写尽了女子命似落花、落花恰似女子的况味。一代歌后梅艳芳唱"女人花摇曳在红尘中，女人花随风轻轻摆动"，词作者的灵感大约也来源于此。

桃杏是乡间常客，野生野长，一开一大片。有些诗人是看不起这些俗艳的花朵的，他们喜欢高洁的梅花。梅花既然高洁，当然就不能与俗物为伍，当然就不能嫁东风啦。你看宋代一个叫张道恰的诗人，一生为梅写诗几百首，在他心目中，"绝知南雪羞相并，欲嫁东风耻自媒"，梅花既不肯与向阳的白雪为伴，又以嫁给东风为耻辱。梅花与桃花、杏花就这样被分开了，一雅一俗，泾渭分明。

社会上说一个人是两面派，大家都心知肚明，就是说这个人当面一套背后一套，见人说人话，见鬼说鬼话。"两面派"这个词移到"东风"身上，情形倒没有如此严重。

诗人笔下，东风有时候看起来很好，让人心情舒畅。李白有诗"昨夜东风入武阳，陌头杨柳黄金色"，东风吹过，杨柳色彩竟成"黄金色"，多让人欢喜；李商隐"飒飒东风细雨来，芙蓉塘外有轻雷"，说东风送来知时节的好雨贵如油啊；朱熹"等闲识得东风面，万紫千红总是春"，是说不要小看了东风，它一吹啊万紫千红，春天就算到了。

古诗词中东风多指春风，它可以吹开百花，让春意漾满人间，让诗人心旷神怡，就如上面所言。但任何事物都有两面，东风的另一面，就是吹落百花，让人心情沮丧。"东风元自好，只怕催花老""伫立东风，断魂南国""满眼东风飞絮，催行色、短亭春暮""小楼昨夜又东风，故国不堪回首月明中""东风夜放花千树，更吹落、星如雨"。这些诗句里的"东风"，不仅"辣手催花"，更让人"断魂""不堪"。

这真是成也东风败也东风了，诗人们的玻璃心被东风撞得七零八落，不知该如何对待这一自然现象了。

与传统中国文人不同，毛泽东同志的诗作里面，没有直接写绵和的东风与南风，而是多处提到了西风（秋风）和北风。"六盘山上高峰，红旗漫卷西风"，工农红军的军旗在强劲的西风或者秋风吹拂下，猎猎作响，为肃杀的秋天带来生机与活力。"西风烈，长空雁叫霜晨月"，凌厉的秋风和猛烈的西风充满挑战，更能磨砺意志，充分彰显一个革命者广阔的胸怀与伟大的情操。

　　在诗人眼中，风也各有情感。

断桥灞桥都是桥

《说文解字》言："桥，水梁也。从木，乔声。"

在中国古典诗文中，有两座桥出现频率最高，其包含的文化意味隽永含蓄，引人深思。

这两座桥，一座叫断桥，一座叫灞桥。

《汉语大词典》"断桥"条下收两个义项：

"①毁坏的桥梁。"

"②桥名。在浙江省杭州市白堤上。自唐以来已有此名。"

这里说的"断桥"，取《汉语大词典》第二种意思。

"断桥"本是西湖白堤上一座桥梁，但是现在人们对断桥的认识，超越了桥梁本身的意义，而把它当成一个文学文化符号，看重的是其蕴含的丰富象征。

关于断桥的文化文学意义，一般而言有三种。

第一种，表示离情别意，往往与柳相提并论，因为在古代，折柳相送是离别时的标配。

"断桥无数垂杨柳，总被行人折渐稀。"——史鉴

"断桥与落叶，总是行者愁。"——王褒

"病中言别，杨柳断桥边。"——韩骐

第二种，表示隐居与淡泊，诗句里多以竹、梅相衬。

"断桥烟雨梅花瘦，绝涧风霜槲叶深。"——陆游

"驿外断桥边，寂寞开无主。已是黄昏独自愁，更着风和雨。"——陆游

"屋后有竹前有花，断桥才整已半斜。"——杨万里

第三种，表示男女之间同心相契恩爱到老，似与七夕牛郎织女渡"鹊桥"及新婚女子"走三桥"的寓意相同。

冯梦龙"三言二拍"中有《白娘子永镇雷峰塔》一篇，选了白堤上的断桥作为许仙与白素贞邂逅之所在，这以后，所有关于"白蛇传"的戏剧作品均以断桥为背景。以北京京剧院《白蛇传》为例，全本戏剧始于断桥，终于断桥。第一场"游湖"，第十二场"倒塔"，这中间，断桥不断以各种唱词或者对白的形式出现，断桥成为白素贞与许仙爱情故事情节的推手。越剧《白蛇传》同样也是如此，白素贞在金山寺力战法海不胜，灰心丧气回到杭州，再上断桥，唱一曲"西湖山水还依旧"，一种物是人非的哲学感慨油然而生：看断桥未断我肝肠断啊，一片真心付东流……两部大剧都是在冯梦龙原著的基础上重新创作的，而且它们对象征符号"断桥"的认同和选择是不约而同的。由此可见"断

桥"不是以"断"割裂情人和夫妻之爱，而是以"桥"连接情人和夫妻之心，它是恩爱之桥，是幸福之桥。可见，西湖之"断桥"并不因为"断"字的不吉利遭人远避，相反，突出了"桥"的连接性而被人接受，与那些有吉祥名字的桥如"锦带桥""三凤桥"一样，被后人视为可以邂逅爱情的"情人桥"，带来幸福的"吉祥桥"。从白素贞开始的断桥之爱一直绵延到21世纪的今天，人们渴望爱情希望永结同心之心，丝毫不见消退。时至今日，断桥上仍不断上演着求爱求婚的仪式，相信从今往后还将不断上演。

再说第二座桥：灞桥。

灞桥与断桥一样，一直都是中国古典诗词里吟咏的对象。

灞水，是古长安的八水之一。所谓"长安八水"，即渭、泾、沣、涝、潏、滈、浐、灞八条黄河水系，其中最为著名的水系是泾水和渭水。但是，最富文化意象的应该是灞水，因为灞桥、灞陵在文学上有特殊的意义。

灞水是渭河的支流，灞桥就建在灞水之上，也叫"灞陵桥"。

灞桥历史悠久，最初为春秋时期秦穆公修建。横跨灞水两岸的灞桥地处关中要道，是秦人东出攻伐诸侯国的必经之路，因此有了"得灞桥者得天下"的说法。秦本西戎，又后起，原与中原齐楚燕韩赵魏不在同一等级，只因东周时有助周天子，故得天子口头封疆，遂名正言顺立国。商鞅变法之后，秦国国力大增，兵强马壮，从灞桥出发一路向东，逐一消灭东方六国，最终建立秦朝。

历史的风云为这座桥增添了许多色彩。三国时期，关羽就在这灞陵桥上与曹操有一场精彩的对手戏。京戏《忠义千秋》说的是曹操喜爱关羽，千方百计想留住关羽，而关羽百计千方最终回到刘备身边的故事。一句"关羽啊云长"的叫板，把曹操对关羽的喜爱之情表露无遗，而关羽则对以"丞相"称呼，不卑不亢、落落大方。曹操见关羽去意已决，就在灞陵桥边赠袍相送，关羽并未下马，以青龙偃月刀挑袍而去。

灞陵桥阻断了奸诈对忠义的牵绊。

《全唐诗》中直接描写或提及灞桥（灞水、灞陵）的诗篇多达百余首。古人折柳赠别，送人至此。灞桥之上，别离之情难断，所以这灞桥又被称为"情尽桥""断肠桥"。桥在这里没有"沟通""连接"的正常意义，而有一种反向的"阻隔""阻断"之意在里面。它似乎在佐证一种断裂，一种从此分离与天涯相隔。

　　"三月灞桥烟共雨。拂拂依依飞到处。"——张孝祥
　　"想灞桥、春色老于人，惹江南梦杳。"——贺铸
　　"目断江南千里，灞桥一望，烟水微茫。"——晁补之
　　"灞桥杨柳年年恨，鸳浦芙蓉叶叶愁。"——苏庠

诗文里的灞桥与现实生活中的灞桥不同，它不是连接，而是阻断，在灞桥边上生长的不是桃红柳绿，与灞桥一并入画入诗的，一般都是烟柳，还有风雪。

历史上的灞桥，是秦人走出西北蛮荒之地挺进中原的

跳板，是连接与推动，而文学意义上的灞桥，则是对连接对推动的反其道而行之。

断桥与灞桥，它们最原始的形态，就是用来连接用来沟通的普通桥梁，但经历了时间的风霜，诗词中的桥已与桥之本意相去甚远，都具备了丰富的文学文化意境，再没有另外的桥能超越它们了。

人生只合江南老

又是一年春草萌。

又是一年春雨润。

对一个南方人来说，春寒料峭的时候并不好过，阴冷冷，湿答答，潮妞妞，正是全身起鸡皮疙瘩的时光。

可当你翻开一本古诗词，却能读到许多篇赞美江南的，看得出诗人们爱杀江南，甚至愿意终老江南葬在江南。

> 顾长康从会稽还，人问山川之美。顾云："千岩竞秀，万壑争流，草木蒙笼其上，若云兴霞蔚。"
>
> ——《世说新语》

上面所录选自《世说新语》。当时晋室南渡，由北方而来的西晋贵族，初初踏上江南之地，无不惊艳于山川草木之美。几百年之后，张养浩从山东来到江南，江南风物人情让他陶醉不已，在江南的风景中，他感到前所未有的惬意，情不自禁拿笔写下《水仙子·咏江南》：

> 一江烟水照晴岚，两岸人家接画檐，
> 芰荷丛一段秋光淡。
> 看沙鸥舞再三，卷香风十里珠帘。
> 画船儿天边至，酒旗儿风外飐。
> 爱杀江南！

张养浩这首小令，为读者描绘了一幅多姿多彩的江南水乡秋景画。江面宽阔，沙鸥翔集，荷花争艳，两岸人家画檐雕楼，隔三岔五酒旗招展。如此美妙之所，无怪乎他要用"爱杀"二字。

"江南"一词，由来已久。早在战国，屈原诗篇中就有"魂归来兮哀江南"字样。那么，这早期的"江南"与我们现在所说的"江南"有没有不同呢？有。像屈原诗里的，更多是指长江中游以南的区域，即今天的湖北中南部至湖南一带，属荆州管辖。今天被我们称作"江南"的长江下游地区，那时还叫"江东"，归"扬州"管辖。江南与江东，彼时各有各妈。

汉末大乱，"江南"与"江东"的概念，开始混同，而这种混同，是以长江以北政治中心向江东转移为背景的。三国时期，自东吴、东晋直到南朝宋齐梁陈，六朝政权皆以今天的南京（当时称建业或者建康）为中心。六朝故都南京地处长江下游地区，是当时的国家核心统治区域。西晋短暂统一中国之后，定都洛阳，五十多年之后灭亡，东晋政权在南京建立，江南政权接续了洛阳政权。"江东"这个纯地理地名，逐渐被其地盘上的"江南政权"中的"江南"所取代。至此，"江南"从前面专指的长江中游以南、南岭以北的这一区域转移到了长江下游一带。以前归荆州妈妈管，这时归扬州妈妈管。

自从六朝政治中心转向长江下游之后，上到门阀士族，下至普通百姓，大量移民进入这一地区，带来发达的农耕文明，而这样的情形一直延续着。晋室南下，隋朝大运河开掘，唐末南北大融合，钱镠割据两浙施政得当，保境安民，南宋定都临安，这给江南带来两个结果：一是经济的发展，二是文化的腾飞。长江中下游地区成了国脉之所系。

综上所述，"江南"这个地名的意思是有变动的，从屈原诗里的"江南"转换到唐人诗里的"江南"，时间跨度至少上千年。变动有二：一是地理范围变动，从长江中游移到了长江下游；二是从单一到多元的变动，从原先单纯的地理名词，变成了一个集政治经济文化繁荣发展于一体的专有名词，一个特定的指示代词。而今天，国人对江南范围的普遍认知，就是吴语区，就是长三角"包邮区"。

在诗人的作品里，绍兴、南京、苏州、杭州是江南最有代表性的城市。

东晋画家顾恺之从江东会稽郡游历后，刚回到当时地理上的江南——荆州，人们便迫不及待询问远游之人的感受，画家结合绘画之色彩技法，信口回答"千岩竞秀，万壑争流"，此八字一出，则江东山水之美纵然一生不曾见过，也可想象一二。同时期的另一位书法家王献之也强化了这一认识："从山阴道上行，山川自相映发，使人应接不暇，若秋冬之际，尤难为怀。"

南齐诗人谢朓以"江南佳丽地，金陵帝王州"定性"江南"。他沿巍峨帝都顺势望去，只见城墙外环绕着蜿蜒曲折的护城河，绿波荡漾，风光旖旎；抬头远眺，又见层层高楼，鳞次栉比，在日光照耀之下，显得灿烂辉煌。

唐末五代的韦庄只想在江南终老一生，他在一首《菩萨蛮》的词里写道："人人尽说江南好，游人只合江南老。春水碧于天，画船听雨眠。垆边人似月，皓腕凝霜雪。未老莫还乡，还乡须断肠。"

江南天美水美景美人美，美得他都不愿回乡。

白居易是杭州的大恩人，杭州人民亲切地称他为老市长。他笔下的江南美景以杭州为代表。

> 江南好，风景旧曾谙。
>
> 日出江花红胜火，春来江水绿如蓝。
>
> 能不忆江南？
>
> 江南忆，最忆是杭州。
>
> 山寺月中寻桂子，郡亭枕上看潮头。
>
> 何日更重游！

正如上面说的那样，今天的"江南"，成了一个特定指代，专门指代古代那些经济发达、文化繁荣的水乡地带。江南的文化就是水文化孕育的吴越文化和淮扬文化。她是文明富庶的代名词，是小桥流水、亭台楼阁、莼菜鲈鱼的集合之所。

　　君到姑苏见，人家尽枕河。古宫闲地少，水港小桥多。夜市卖菱藕，春船载绮罗。遥知未眠月，乡思在渔歌。

　　唐人杜荀鹤这首题为《送人游吴》的诗，以苏州为范本，点出了江南的水乡特征："人家尽枕河。"江南水多，水上桥多，水中船多，"夜市卖菱藕，春船载绮罗"，把以苏州为代表的江南的富裕和美妙表达得淋漓尽致。

　　江南，好一处天堂胜景啊。

运河　扬州　隋炀帝

"故人西辞黄鹤楼，烟花三月下扬州。孤帆远影碧空尽，唯见长江天际流。"这首二十八字的小诗，是李白送别孟浩然前往扬州时所作。

自此之后，扬州就被定格在烟花三月的最美时节。

"扬州"这个名字，最早见于《尚书·禹贡》，当时天下分为九州，扬州是九州之一，意为"州界多水，水波扬也"。当时的"扬州"是个宽泛的地理概念，并不是运河边上那个扬州城。宋人秦观在《扬州集序》中廓清了扬州城的概念："广陵在二汉时，尝为吴国、江都国、广陵郡，宋为南兖州，北齐为东广州，后周为吴州，唐初亦为邗州，其为扬州，自隋始也。"

扬州城的历史，和运河的历史一样长。她随运河而生，因运河而兴，最后也因运河而衰。

扬州城的伯乐，首推吴王夫差，他是第一个发现扬州价值的人。公元前486年，夫差下令开凿邗沟，并在河口筑邗城，试图以此为自己北上伐齐进而一统天下打开通道。这便是襁褓中的扬州。

邗沟一通，吴国水军挥师北上，于艾陵大破十万齐军，与诸侯会盟于黄池。吴军北上抗齐，造成国内空虚，勾践乘虚而入，攻打吴国，夫差国破身死。

汉朝，扬州城叫作广陵。

汉朝建立之后，刘邦大封宗室子弟，吴王刘濞定都于此，这是扬州第一次作为诸侯国的国都。史书有言，广陵"东有海盐之饶，章山之铜，三江五湖之利"，刘濞向东继续开凿邗沟，使之直通今江苏南通一带，运输当地的盐和铜，作为实现自己野心的资本。当然，最后他失败了，"七国之乱"被中央政府平定，但扬州的运河又在中国的版图上延长了许多。

三国两晋南北朝四百余年的动荡不安，让古代中国变得四分五裂。隋朝新立，隋文帝急切需要弥合南北中国的裂痕，运河，就成了他用来缝合中国的那根线。为了平定南方，邗沟重新进入朝廷的视野，隋文帝征调人力，从今天的江苏淮安开始重修邗沟，使之在扬州汇入长江，并重新命名这条新开的河为山阳渎。

文帝死后，扬州迎来了最欣赏它的人——隋炀帝杨广。

隋炀帝与扬州的关系是后人最为津津乐道的。

他为什么三下扬州？有人说他是去扬州赏琼花，有人说他是去扬州寻美色，有人说他只是贪恋扬州的秀丽风景。天意自古高难问，谁知道杨广当时怎么想的，不过，有一点可以肯定，他对扬州情有独钟。其实早在公元583年，杨广就被父亲隋文帝派去做扬州总管，可见他对扬州的欣赏与热爱是有渊源的。

舳舻千里泛归舟，言旋旧镇下扬州。

——《泛龙舟》

绿觞素蚁流霞饮，长袖清歌乐戏州。

——《江都宫乐歌》

流波将月去，潮水带星来。

——《春江花月夜》

杨广算不得一个文人，难得作几首诗，却念念不忘扬州的好。可见，他对扬州是从心底里喜欢的。

隋炀帝在位期间，完成了整修邗沟的大部分工程，拓宽、加深了扬州通向杭州的江南河。在前人开挖的基础上，仅用了六年，就使得大运河北至涿郡，西达长安，南及余杭。而作为邗沟与江南运河衔接之地的扬州，也随着全国运河系统的建成，迎来了属于它的高光时刻。

在中国历史中，隋朝只历朝两世，是继秦朝之后第二个短命的王朝，时间是三十八年。三十八年中，隋朝的两个皇帝都热衷于开凿运河。他们竭全国之力，以无数民工性命为代价，终于建成了一条纵贯南北的大运河。

从大业元年到大业十二年，隋炀帝曾三次巡游江都扬州，所乘坐的龙舟高达四十五尺，长二百尺，分四层：上层有正殿、内殿、东西朝堂；中间两层有一百二十个房间，都饰以金玉锦绣；下层为内侍所住。

公元605年的秋天，隋炀帝带着皇后、妃嫔、文武百官，以及大批和尚、尼姑、道士、侍役、卫队，从显仁宫出发，分别乘坐小船自漕渠出洛口（洛水入黄河之口），然后改乘龙舟及其他各类船只，前往江都。运河中，船队首尾相接足足有二百余里，仅船夫就使用了八万余人。

"我儿征辽东，饿死青山下。今我挽龙舟，又困隋堤道。方今天下饥，路粮无些小。前去三十程，此身安可保！寒骨枕荒沙，幽魂泣烟草。悲损门内妻，望断吾家老。安得义男儿，烂此无主尸。引其孤魂回，负其白骨归。"这是隋炀帝巡游时，纤夫唱的民歌。纤夫的儿子饿死在战场，纤夫自己也生还无望。只能寄托于义士，希望义士能把他们的孤魂和死后的白骨带回家乡。劳役和战争，是历朝历代老百姓的沉重负担。隋炀帝做皇帝十四年，经常巡游在外，留在京城的时间，加起来还不足一年；而每次巡游，跟随的妃嫔、宫娥等，"常十万人"，所需食物用品，都要地方州县供给，五百里内的百姓都得贡献食物，实际的负担都落到无辜百姓头上。

"千里长河一旦开，亡隋波浪九天来。"隋朝末年，一场大规模的农民起义席卷全国，隋朝灭亡。隋朝两代皇帝举全国之力开凿的运河，到头来却为李唐王朝做了嫁衣。有唐一代，只需疏浚、维护运河，便可将南方的粮食、食盐、茶叶等物资，源源不断地通过大运河输送到以关中为主的北方。

隋灭后，许多人都批评炀帝的荒淫无道，为了自己下江南玩乐，不顾天下百姓的死活凿通京杭大运河。唐人李敬芳写的《汴河直进船》，把运河比成了输油管道，东南地区的民脂民膏就这样源源不断地通过运河转移到了帝国的府库。

汴河通淮利最多，生人为害亦相和。

东南四十三州地，取尽膏脂是此河。

还有胡曾也写过一首《汴水》，把运河开凿与大隋灭亡紧紧联系在了一起：

千里长河一旦开，亡隋波浪九天来。

锦帆未落干戈过，惆怅龙舟更不回。

隋炀帝耗费民力过度，导致怨声漫天，烽火四起，"千里长河一旦开，亡隋波浪九天来"。直接把自己作死了，"锦帆未落干戈过，惆怅龙舟更不回"。

在这些文人眼里，运河，简直就是一条灾难之河啊。倒是一个叫皮日休的人说得比较客观，他在二首《汴河怀古》里为隋炀帝说了句公道话。

第一首，客观真实地描写了炀帝龙舟出游的奢靡："万艘龙舸绿丝间，载到扬州尽不还。应是天教开汴水，一千余里地无山。"

第二首，和治水的大禹相提并论："尽道隋亡为此河，至今千里赖通波。若无水殿龙舟事，共禹论功不较多。"

确实如此，隋朝大运河的建成，大大繁华了运河边的城市。运河东边有北京、天津、沧州、聊城、济宁、徐州、扬州、镇江、杭州，运河西岸依次为德州、临清、宿迁、淮安、常州、无锡、苏州、嘉兴，特别是处在交汇点的扬州，在唐朝以后的中国古代经济生活中，独领风骚上千年，时人赞曰"扬一益二"，意思是说，除了首都长安，天下繁华城市没有一座能超过扬州。今天人人称羡的成都，当时也要甘拜下风。

扬州的盛景，引得无数文人墨客竞折腰。

徐凝把天下月光分作三分，自作主张地把两分给了扬州；李白绣口一吐，自此烟花三月必下扬州；杜牧在此流连十年，做了一场风流的扬州梦；张祜更是极端，死也要死在扬州。"烟花三月下扬州""十年一觉扬州梦""春风十里扬州路"，扬州啊扬州，多少人睡着醒着都向往着你啊。

鸦片战争之后，中国紧锁的国门轰然被打开，有几千多年历史的老大帝国就这样"半推半就"地进入海洋时代。海运远胜河运，与运河命运捆绑在一起的扬州，瞬间被海水冲刷而淤塞。而陆续铺展延伸开来的铁路、公路，成了压垮扬州的最后一根稻草。再不见扬州的豪华与精致，再不见扬州的繁盛与声色，在新兴的上海滩，昔日骄傲的扬州人竟因被叫作"江北佬"而受到歧视。

农耕文明，南北交通依赖运河，扬州这个运河节点上的城市兴盛繁华；当海洋时代来临，运河的作用日渐消解，扬州也变得逐渐低调落寞，但千百年来积淀下无数深远的文化符号，依然给世人带来精神的享受与文明的馈赠。

一张地图走天下

我搬来的时候，地图已经在墙上挂了三四年，只要看它泛黄的颜色就知道。

许多时候我和地图各不相干，它在墙上，我在桌上。

它静静地贴着墙，有意无意地看着发生的一切。

我总是坐在办公桌前，背着它做自己的事——看书、上网、打电话，偶尔也端一杯茶去串门。

只有领导来时，我才不坐着，整个人都是紧张兴奋的状态，背挺着，脸扬着，语言里透着笑意。握手、寒暄，开始海阔天空。所有的活都有干完的时候，所有的话都有说完的时候，领导在走之前开始说正事了：双向选择啦、会议安排啦、员工慰问啦……领导走后，我关了门，只留地图在里面。我把脚搁在桌上，把头靠在椅上，有时皱了眉头，那是因为领导交代的事情有点棘手；有时是唱着歌漾着笑的，升职有望，荣誉将临。

我所有的一切都在一个人的状态下进行，但我知道，墙上的地图看得一清二楚呢。只是它不说。它不说，我当然更不会说。

上班累了，我也会去看地图，通过它打量那些陌生的城市，探寻自己向往的地方。

每一个城市都能在地图上找到，它们在这个世界上应该存在很长时间了。对一个外乡人来说，谁会去多关注它们一点呢，梁园虽好，但不是久留之地，这只是别人的家乡，还不如天边的云彩更能激起人们的关注。

地图上那些城市被动地等在天边，等着人们主动走近或者说侵入。

我发现，地图越看越好看，它非常神奇，在遥远的途中做好了记号，等待着那些会说"芝麻开门"的人。

有一个假期，我哪也没去，迷失在刘亮程的文字里，他把我诱进一座叫黄沙梁的村庄，然而自己却隐藏起来，只给我那里的阳光和风，那里的草垛和树，那只叫于黑夜的母鸡，那场叫刘二的风。我在黄沙梁的每一个角落走动，最后，把自己走糊涂了，也把白天和夜晚走丢了。

我求助于地图，地图没有让我失望，它指给我看刘亮程家的地窝子，告诉我黄沙梁的情况，指点我沙湾的具体地理位置。我算得上是一个地理盲，但，却记住了沙湾，那是新疆石河子边上的一个小县城。石河子我知道啊，我小时候经常听邻居家三丫头说起，她姐就在那里的生产建设兵团。

于是，沙湾熟悉了，黄沙梁亲切了，地窝子潮湿闷热，但揭开最上面那块天窗，风就会进来，当然，还有树叶什么的。

某天，办公室里涌来一拨人，嚷嚷着要看地图。

在浩瀚的南海那里成立了一个三沙市，是中国最南端的城市，同时也是全国总面积最大、陆地面积最小、人口最少的城市。这引起了人们的兴趣，他们想要知道三沙市政府所在地永兴岛的正确位置，以便有机会去那里游历。

"三沙"就是西沙群岛、南沙群岛、中沙群岛的合称，大家在海南省往南的海面上指点着。

"怎么有永乐群岛和宣德群岛啊？"有人奇怪啦。

是啊，紧靠海南省的西沙群岛中，有两个群岛的名字是"永乐群岛"和"宣德群岛"。

这不是明朝皇帝的年号吗，难道跟郑和下西洋有关？

问题一个接着一个。地图不声不响，莫测高深。

只好借助历史资料。

永乐三年（1405），明成祖朱棣命郑和率二百四十多艘海船、二万七千四百名船员的庞大船队远航，沿途拜访了三十余个西太平洋和印度洋的国家和地区。郑和曾到达过爪哇、苏门答腊、苏禄、彭亨、真蜡、古里、暹罗、阿丹、天方、左法尔、忽鲁谟斯、木骨都束等三十多个国家，最远曾达非洲东岸，红海、麦加，其总航程达到七万多海里，相当于地球圆周的三倍多，这象征着中国航海史上的一个高峰。郑和舰队七次远洋的前六次是在明永乐年间（1402—1424），第七次远航是在明宣德年间（1425—1435）。因此，为纪念明朝永乐与宣德年间郑和七次下西洋之举，便有了"永乐群岛"与"宣德群岛"这两个名字。

一般来说，岛礁的命名主要依据岛礁的自然地理环境特征，而南海岛礁中的"永乐群岛"和"宣德群岛"，其命名与郑和下西洋这一事件密切关联，彰显着历史意义和社会意义。

诗佛也住布袋山

诗佛就是王维，唐代著名大诗人之一。苏东坡这样评价王维的诗："味摩诘之诗，诗中有画；观摩诘之画，画中有诗。"

王维的大多数诗都是山水田园之作，在描绘自然美景的同时，流露出闲居生活中闲逸潇洒的情趣。王维中年以后，在长安附近的蓝田辋川买了一份产业，称为辋川别业，经常与好友在附近山中游玩，他写下二十首诗作，歌颂那里园林的精致、山水的清秀、境界的静美。

辋川成了王维精心构筑的诗意栖居地。

这次布袋山之行，所见景致之美，处处与王维笔下的辋川相类。

布袋山在浙东黄岩，属于括苍山余脉，五百一十米海拔不算高，但在平原地带，远望去还是巍巍然，这原理跟齐鲁大地上的泰山一样。"会当凌绝顶，一览众山小"，杜甫远望泰山，对广阔平原上拔地而起的高山产生由衷浩叹。

秋冬之交，天空阴晴不定，一会开始下雨。城区的小雨到了山里变成大雨，整个布袋山远望去云雾蒸腾，仿佛群仙出没。

汽车冒雨而行。眼前出现一大片水域，烟水迷茫。

是个水库，确切的名称叫"长潭"，依其形状取名。潭水的清澈程度，比柳宗元夸赞的小石潭不逊分毫，我给它另起了名字"澄潭"，依其水质而名。再没有比"澄"字更合适的字了，澄者，清澈也，澄澈、澄明、澄静。比照澄江静如练，我眼前这个潭简直是澄明如镜。

车子在潭边开着，不知开了几多时。想象着小船在湖面出行的情景，长风浩浩，从流漂荡，任意东西。王维就这样闯进脑海，他在辋川那里，就这样驾着小舟往来于南垞北垞，与友人吟诗唱和："轻舟南垞去，北垞渺难即。隔浦望人家，遥遥不相识。"

好一个"隔浦望人家，遥遥不相识"。长潭水库南北十二千米，东西三千米，隔着宽阔的湖面，唯见炊烟几缕，偶有的几声犬吠，也消解在半空。

开始进山。

江南石灰岩地貌，风化的山石裸露在山谷。大者如屋、如缸、如瓮；小者如盘、如碗、如鸡蛋。

山石岩岩。

传来水声潺潺。刚才那一阵秋雨，让布袋山随处可见小挂瀑布。飞流直下是庐山瀑布，这里的瀑布可以被一阵山风吹散。布袋山的山谷里飞珠溅玉。

"飒飒秋雨中，浅浅石溜泻。跳波自相溅，白鹭惊复下。"王维笔下是辋川栾家濑的景色，也是布袋山此刻的景色。"浅浅石溜泻""跳波自相溅"，一千多年的时光，三千里外的距离，古人在远方描摹的景致与我们眼中的所见没有任何区别。文学自有一种超越时空的穿透力量。

绕过栈道，绕过石桥。绕来绕去，一片嶙峋山石横空出世，如一只倒扣的船，刚才濡湿的山路延伸至此，干爽得很。赶集回来的山民席地而憩，烟头的红火光一隐一现。抽完了，把烟头摁灭在鞋底，捎起红红绿绿的物品大步向前。那只土黄色的大狗先主人一步起脚，朝着家的方向。一只黑蝴蝶上下翻飞，似与大狗嬉戏，大狗不屑，甩一甩尾巴，与主人同步行进在山路上。

寂静，使这秋山别有一种肃穆与庄重。

点破寂静的，除了水涧的溪流，还有那缤纷的色彩。

赤橙黄绿青蓝紫。秋天的山，最不缺的就是颜色。

与北国的秋不同，江南的秋自有它独特的韵味，红枫与黄栌像火炬或者火把，在绿树的掩映下，静默地热烈着。深潭倒映蓝天白云，枯荷传出特有的苍凉。廊桥边那一棵泡桐，青黄不一的叶子，反射出秋日的阳光，透明如薄纱。最喜溪边山路那一抹深绿，那是经过细雨滋润的瓢儿菜，闪着幽幽的绿光，引逗得那些来去匆匆的脚步一慢二看三心动。还有，山民早几个月随手撒下的萝卜种子，此刻已成为扎进地下的一只只红嘴绿鹦鹉。

"我有二十年没有尝到过新拔萝卜的味道了。"人群中有人在感叹，不知是感叹萝卜的美味，还是感叹时光的无情，也许是两者兼而有之吧。有善解人意者，飞快地探出手去拔了一个，红红白白的萝卜拖着碧绿的叶子，优美如斯，让人不忍下嘴，一路把玩着，最后送进红豆杉客栈的厨房，再三再四请大师傅做一道萝卜汤。大师傅看看萝卜看看人，脸上笑得如这山上的弥勒。掌柜听到热闹走进来，待弄明白情况，也笑开了。萝卜算什么啊，这山里比萝卜金贵的东西不知有多少呢。"长潭湖里的鱼虾金贵不金贵？山林里找虫子吃的土鸡金贵不金贵？春天时晒的蕨菜笋干金贵不金贵？抗癌的紫薯金贵不金贵？"掌柜姓黄，说起布袋山那是如数家珍，听得我们一愣一愣的。果然，就在晚餐时分，我们一一品尝到了布袋山的鲜美。

雨一直下，从夜里下到天明。城里的夜总是单薄，一声咳嗽一盏路灯就能将它打破。布袋山的夜，无边无际，厚厚沉沉。

布袋山是真正的"黑甜乡"。

一夜好睡。

溪声似乎更响了一些。

山中一夜雨，树杪百重泉。顺着溪流，我想去探寻那个源头。"缘溪行，忘路之远近，忽逢桃花林"，这个早晨，陶渊明也来凑热闹了。我不管不顾地沿着小溪往山里走。俗话说"望山跑死马"，这小溪的尽头也是越找越不见，而远处山梁上那条瀑布一直闪着白色的光。

时间已经不早，我停住了探寻的脚步。转过一片毛竹林，又转过一片毛竹林，在两片毛竹林中出现了一大片红豆杉林。在这个地方，她们算得上是贵客了。

我对红豆杉很有好感，红豆生南国，本来嘛，江南就

该是红豆杉的故乡，但是我更希望找到茱萸。就如王维所写的那样："结实红且绿，复如花更开。山中傥留客，置此茱萸杯。"秋天总是寂寞一些，而茱萸结的果实红红绿绿，仿佛是第二次开花，该有多么热闹呢。

又想起王维。他是盛唐的大乐丞，少年得志，才华横溢，一生受到过两次挫折：第一次是刚当官时，受伶人舞黄狮子之累，贬官山东；第二次是安史之乱被迫任伪职，待肃宗收复两京秋后算账，差点人头落地，幸亏他写有一首诗，内有"百官何日更朝天"字样，总算自明心迹，得到天子谅解。

突然傻想，这布袋山可能就是那个辋川，不然怎么会在王维的诗里找到它的印迹呢。不是有个故事嘛，说杭州的飞来峰就是从印度那里飞来的。大自然总有许多让人不得而明的秘密。

山路一侧临崖处，最后的叶子已经飘零无踪，几株大树光秃秃的，树枝向上，似要向天申诉。申诉什么呢，还我红花绿叶或者美好时光？谁知道呢，树木无知，不像人有无数的小心眼。"木末芙蓉花，山中发红萼。涧户寂无人，纷纷开且落。"花开花落，年去年来，造化自有安排，不必自个劳神费心。

我痴迷于布袋山这一路与辋川无异的景致，更感受到无处不在的王维诗意。

甚至，我似乎看见了王维用茱萸酿的那坛酒，藏在只有山庄主人自己知道的地方，已经变成了琥珀的颜色。

我来儋耳找东坡

我落脚在文昌，这里是海南的东海岸。

椰风海韵，自有一种别样的浪漫；万泉碧波，唤醒久违的红色记忆。

在三角梅的霞影里，有个声音在不停催促：去儋耳，去儋耳。

儋耳即现在的儋州。

公元622年，儋耳郡改为儋州，这地名，一用就用到了今天，一千多年了。

儋州这个地方，因为苏轼在此度过生命的最后几年，从此成了一个地标，变成了胜地。成为海南，甚至中国的一个文化符号，成为许多人心中的圣地。

说实话，要不是因为苏东坡，我连"儋州"的"儋"也读不准呢。

儋州在海南的西海岸。

我从文昌出发，驶上飘带一样的高速公路，两边是高大的乔木与缤纷的花朵。今日的海南，可谓养生福地，全国各地的游客都当它是人间仙境。想起九百多前年苏轼被贬而来的情景，真有天壤之别。

1097年，苏东坡第三次被贬谪，任"琼州别驾""昌化军安置"，农历七月二日抵儋州。这一年他六十岁。

东坡是从琼州到儋州的。他与小儿子苏过在海上环岛而行。"四州环一岛，百洞蟠其中。我行西北隅，如渡月半弓。"小船沿海南岛的西线行走，行迹似半月形，故称"如度月半弓"。百峒，是指黎族同胞居住的地方。

那个时候的海南岛，是一个荒岛，地处边陲，孤悬海外，闭塞落后，相距京城几千里，"鸟飞犹用半年程"，实乃"天之崖、海之角"，因此中原人称之为"蛮荒瘴炎之地"，死囚流放之所。流放到儋州的苏东坡在给朋友的信里，这样写道，此地"食无肉，病无药，居无室，出无友，冬无炭，夏无寒泉"。把政敌流放到这样一个"六无"之地，确见当权者的险恶用心，何况这政敌还是一个花甲老人。苏轼自己也不准备活着离开海南岛了，登岛之初，他叮嘱一同前来的小儿子：第一要紧的是给他做棺材，第二要紧的是给他做坟墓。

但苏轼让他的政敌又一次失望啦，他活过来了，并且，还活出了一种生命的高度与深度。

"我本儋耳人，寄生西蜀州。"他用一种"处处无家处处家""万里他乡做故乡"的豁达，随遇而安，扎根儋州，在海南的自然环境中领略大好河山。"垂天雌霓云端下，快意雄风海上来"一联，出自东坡之口，奇景奇笔，快人快语，可以说，造化为东坡三年的儋州生活助了一臂之力。有了这种内心的豁达与坚韧，再加上朋友们不遗余力的精神鼓励与物质帮助，或千里来访，或远书致物，或诗词唱和，使谪居生活平添了温暖与亮度。而日常所处的黎族邻里与乡亲，更是与他深情款款，黎子云、春梦婆等都是他写给朋友信中的感恩对象。"北船不到米如珠，醉饱萧条半月无。明日东家当祭灶，只鸡斗酒定膰吾。"这几天没吃饱，明天肯定能吃到房东的鸡和酒啦。这首诗似乎让我们看到东坡脸上的笑容与内心的期待。

东坡临老，还万死投荒，就他个人来说，似乎是不幸的，但海南幸，儋州幸。田间劝民农桑，"载酒堂"里教化百姓，掘井、治病、酿酒，儋州因了苏东坡的到来，百姓生病的少了，田头耕耘的多了，不知科举为何物的地方，竟然也出了进士，并从此绵延不绝。

时光荏苒，一千年弹指一挥间。迈步今天的儋州，依然见得到东坡的遗响遗韵：东坡帽、东坡井、东坡路、东坡话、东坡书院。东坡身归太虚九百来年，人们对他的怀念却万古长存。

1101年，东坡离开海南北归中原，过润州时，有人问他："海南风土人情如何？"他回答："风土极善，人情不恶。"短短八字，道出苏子与海南与儋州那种深厚的情缘。

"九死南荒吾不恨，兹游奇绝冠平生。"流放归来，这位六十五岁的老人面对苍天大海，喊出豪迈的心声。

一个人可以被毁灭，但绝不可以被打败。海明威说的，就是苏东坡这样的人。

我们在路上耽搁得太久。儋州市那大镇有个"石屋村"，作为红色旅游的一个点，指定要参观。等我们去中和镇参观东坡书院时，时间已经过了下午六时。虽说吃了闭门羹，但我的内心仍是喜悦的。得以亲临这方神圣的土地，得以近距离接近这位伟人，摸一下东坡井沿，戴一次东坡笠帽，走一程东坡马路，吃一块东坡椰饼，于我，不失为一种精神享受。

长恨一曲千古迷

题记：

　　　　梨花开，春带雨，梨花落，春入泥。

　　　　此生只为一人去，道他君王情也痴。

　　天生丽质难自弃，长恨一曲千古迷，长恨一曲千古思。

　　蓬莱、方壶、员峤，世人说这些海上神山虚无缥缈，可我的魂真真切切息憩在这里。

　　魂并没有形体，像雾，像风，像气。它可以停驻在梨树枝上，可以停驻在鲲鹏背上，可以停驻在水沫浪尖上。

　　我只需凝神。

　　凝神的时候我会痛。心痛。

　　不管停驻在哪里，魂都会朝向西方。不是西王母的昆仑山，不是盛产葡萄美酒的西域，而是一个叫"马嵬"的地方。越过长安城高耸的雁塔，在马嵬的一棵梨花树上，我看见一个明眸皓齿、肌肤胜雪的女子在风中荡漾。

一

十三岁，我开始一种梦幻般的生活。

那一年，我被征召进宫，成为寿王李瑁的妃子。我听说这件婚事是婆婆武惠妃做的主，公公李隆基也是同意的。后来，我婆婆武惠妃死了，害得我公公好多日子伤心不已。

都说我与婆婆有许多相似的地方，我公公也这样认为。开元二十八年，我接到圣旨，前往骊山为我公公的母亲窦太后祈福，这是我第一次离开寿王府。我以为很快可以回到寿王身边，可谁知道我公公李隆基竟然下令让我出家为女道士，又要我从养父杨玄璬家回到生父杨玄琰那里。我就这样不明就里地跟李瑁解除了婚姻关系。天宝四年，寿王奉旨迎娶韦氏女，我和寿王终成陌路人。我也被李隆基接进大明宫，开始贵妃生活。我婆婆地下有知，不知当作何想。

弘农杨氏可是大姓士族，自汉朝开始就有"四世三公"之誉，文武全才历代辈出。自我进宫后，杨氏一族更是鲜花着锦烈火烹油，我们家的封邑大得没有边际。我哥，当朝宰相，我姐，一个被封为虢国夫人，一个被封为秦国夫人，一个被封为韩国夫人。"生男慎莫举，生女哺用脯"，我甚至改变了当时的生育观念，人们不再鄙视女孩，女婴也有了存活的机会，而不是一生下来就遭溺毙。

后宫三十六，佳丽遍地走。兴庆宫、永宁宫、坤宁宫、上阳宫、昭阳宫……而我，居然成了三十六宫之首，我住的是大明宫。

我的心为什么又开始痛？我的大明宫，我的李三郎，还有那个霓裳羽衣的高髻女子，是谁？是谁？没人打鼓，没人喝彩，这女子孤独地舞着，高烛红妆，日升月落。

兴庆宫也是我喜欢的地方。那里有一个龙池，澄清皎洁，常有云气氤氲，有小黄门曾经看见黄龙出没其中。有一天，三郎两手击鼓，其音焦杀乌烈、促局急破，是那种戟杖连碎的声音。我正试新制的舞裙，如云似霞，听这羯鼓声声，知道三郎又旷朝了。说实在的，我不是糊涂女子，国事为重这个道理还是懂的，好几次委婉提醒，三郎总说我是个傻女人，风调雨顺国泰民安，大唐盛世的辉煌将永续千年。"看看我们的粮仓，看看我们的国库，看看我们守边的虎将，你就放心吧。"三郎对我说完这些，双手更加有力地击打起羯鼓来。一时间，梨园子弟、椒房青娥聚集过来，我的舞姿越发轻盈。

我们在一起，不是只有男欢女爱，我们是三观一致的文艺青年。

某年某月的某一天，是个春天吧，宫女端上来大荔的冬枣，三郎挑最好的给我。我说岭南那地儿这会儿应该有一种叫荔枝的水果上市，它的壳如红色的织物，里面有一层膜是紫色的，像绢，膜里面的肉莹白色，跟冰雪一个样，酸酸甜甜，好吃到哭。以前我生父杨玄琰经商到岭南，我吃过。三郎不信人间有此等好物，让我写下来，高力士拿来纸笔，我写下了"荔枝"二字。高力士念成"离子"，三郎说他"无子可离"，说完我们大家都笑。三郎让御林军快马加鞭，直接去三千里之外的岭南选购，从此还要当地年年进贡。据后代一个叫杜牧的人说，送荔枝的马飞奔而来，不管白天黑夜，途经的城门总是开着，路人还以为运送的是紧急公文，避之唯恐不及。听说为了送荔枝，累死了好多的马和人。当然，这是后世的人说的。

三郎就是这样让我心醉。

那时，我们大唐有个最最著名的诗人叫李太白，很受三郎器重。三郎不但允许他宫廷走马，允许他旬日酩酊，还封他做官。有一年春天，沉香亭前牡丹盛开，姚黄魏紫，争奇斗艳。我看得呆了，三郎也看得呆了。我是看花看得呆，三郎是看我看得呆。就派高公公去找李诗人。好一会儿，李诗人才来，还是高公公他们扶进来的，原来，他和张旭怀素等人一早就喝上了。李太白这人，一生只做三件事：喝酒、写诗、寻访神仙。这是长安城里人人知道的。等啊等，直到高公公磨好墨，诗人还没醒。这可怎么是好啊，这人喝得这个样子，是喝了那中山国狄希酿造的酒吗？我倒想看看他几时醒来，醒来了有什么话说。我去看蝴蝶飞，三郎让高公公取了一盆井水，泼在李太白的脸上，哎哟哟，醉酒之人被冰水一激，总算醒了过来。三郎要他现场给我写诗，一会儿要让李龟年唱的。诗人打了一个满是酒气的饱嗝儿之后，将一将领下漂亮的长须，就开始笔走龙蛇写起来，才一炷香的工夫，他把手中的笔往后一扔。居然写好了。三郎一边看一边点头，妙哉妙哉。我顾不得那些飞花与蝴蝶，吟诵起那诗句来：

云想衣裳花想容，春风拂槛露华浓。若非群玉山头见，会向瑶台月下逢。

一枝红艳露凝香，云雨巫山枉断肠。借问汉宫谁得似，可怜飞燕倚新妆。

名花倾国两相欢，长得君王带笑看。解释春风无限恨，沉香亭北倚阑干。

我们大唐是诗歌的国度，谁要是不知道李白，那就是个傻子。云想衣裳花想容，是看到我的衣裳我的面容，就让诗人想到了云想到了花。我太爱这诗句了，爱到极点。

三郎看着我笑，我看着诗稿笑，感觉自己真是花神转世天仙下凡一般。瑶台仙女、月宫嫦娥，哪个女人不艳羡，赵飞燕多漂亮啊，能在手掌上跳舞，多好的身材，羡慕。才子啊，我在心里赞赏。

可是高公公不这样看，他提醒我说，李太白拿我跟汉成帝的妃子赵飞燕相比，是影射我也像赵飞燕一样坏。我不相信李太白这样的人会用如此卑劣的手段影射我，我们平时也有交流，沟通起来并没有任何问题，相反他是欣赏我的。就拿我写的那首《赠张云容舞》来说，当时在绣岭宫，三郎要张云容独自跳《霓裳羽衣舞》，这是发挥得最好的一次，我当场写了这首诗："罗袖动香香不已，红蕖袅袅秋烟里。轻云岭上乍摇风，嫩柳池塘初拂水。"后来宫女传唱，李太白听后，大赞风致宛然，说我是舞者的知己。

但长安城里有闲话在流传，说我蛊惑三郎不理朝政。高公公又几次让我不要再唱《清平调》三首。我开始有点怀疑李太白了。三郎有时说李太白如何才华横溢，我不再像以前那样附和，有时还要戳戳他的壁角。终于有一天，高公公来告诉我，李太白走了，离开长安了，据说是求仙问道去了。

长安福地，奇珍异宝不绝，奇人异事不断。范阳节度使安禄山，长得像只水瓮，三百来斤重，可跳起胡旋舞却是世上一流，"回裾转袖若飞雪，左旋右旋生旋风"，那种旋转自如、快如疾风，让人惊叹不已。他是个武将，却会跳世上难度最大的舞，说起话来又让人心花怒放。有一次，三郎打趣他那个大肚子，问里面装的是什么。他拍拍肚子说：这里装的是一颗忠于皇上的红心。还有一次，我和三郎并坐着弹琵琶，他进来先给我行礼再给三郎行礼，说，胡人见双亲，习惯上是先母后父的。

三郎的这个干儿子给我们的生活带来许多乐趣。

二

唉，真是知人知面不知心。安禄山这畜生利用我们对他的信任，竟然伙同史思明起兵反唐。这真让人做梦也想不到。三郎焦头烂额。叛军长驱直入，渡过黄河，攻陷洛阳。东都失守，京城告急，长安危在旦夕。撤离是唯一的选择。我和我的三郎在一起。有他在，我什么也不怕了。女人好比藤萝，她要附在大树样的男人身上才会幸福。三郎就是我生命中的大树。

与我们一起撤离的，还有我的哥哥和姐姐们，他们与三郎一样，全是我最亲的人。

太子李亨陪三郎离开长安西行四川。队伍浩荡，迤逦前行，前后望不到头。第三天，一群长安县的百姓跪在地上拦住太子不让走，要他带领官军抵抗安史叛军。队伍停下来，我听三郎嘱咐太子道："汝好去！百姓属望，慎勿违之。莫以吾为意。且西戎北狄，吾尝厚之，今举步艰难，必得其用，汝其勉之！"于是太子跟我们分两路走，我看见寿王和高公公护送太子往灵武方向去，我们继续往剑门关走。

一连走了十几天，吃穿用全不能跟宫里相比。眼看三郎一天天瘦下去，老态显现，我的心再不能平静。我祈祷太子早日借助西戎北狄的兵力打败叛军，我和三郎可以重回长安过以前的生活。

好消息迟迟不来。

那天在一个叫马嵬坡的地方，行进的队伍不知怎么乱了起来，后来干脆就不往前走了，军官们大叫大嚷的，好像要发生啥大事了。我刚睡过一觉，梦里正教那些梨园子弟弹奏琵琶。三郎创设的内外教坊和梨园，那些乐人此刻不知流落到哪里了。

外面因何吵嚷？我问下人，却没有人回答。

想喝一盅玫瑰玉露汤，也不见拿来。

罢罢罢。如此艰难时刻，纵三郎最是爱我，我也不该恃宠而骄啊。

门无风自开，带有一股肃杀之气。

领头的是陈玄礼将军，带着十几个怒气冲冲的军官。

"这是干什么？"我莫名其妙。

高公公去了灵武，眼前这个李公公双手捧着一条白绫，眼睛看着别处，机械地说道："贵妃娘娘，皇上让你自我了断。"

我完全听不懂他在说什么。身边的宫女们一个个哭出声来。

见我没有反应，陈将军一把抓过白绫，掷于我跟前，气势汹汹地吼道："杨玉环，你与杨国忠蛊惑圣上，祸国殃民，今日死期已到，快快自裁了吧。"

"自裁……蛊惑圣上……死期已到……"我似乎听明白了，陈玄礼他们要我自杀。哼，我是三郎的贵妃，就算我听从了你们的安排，三郎也绝不会坐视不管的。只是，这会子，我的三郎……我不敢想象三郎的处境。我开始怒斥陈玄礼："你们这群弑君的乱臣贼子！"李公公看我激动，小声说道："贵妃娘娘，皇上就在外面。"

听说三郎在外面，我抬腿就往外走，却被军官们拦住。

"三郎！三郎！"我大声尖叫。

"少废话。动手吧。"陈将军命令士兵动手。

宫女们一个个花容失色，瘫倒在地。

上来两个兵丁。我的灵魂瞬间飞离躯体，飞出屋顶，飞上青冥的天空。

我在空中飞翔，一个漂亮女人在梨花树上挂着，那晃晃悠悠的样子，像极了狂风暴雨中的牡丹花。

三

杨国忠死了。

杨玉环死了。

虢国夫人、秦国夫人、韩国夫人她们都死了。

凡姓杨的，都在这个叫马嵬的地方被杀。

我听到当时最权威的说法是：杨国忠擅权误国，杨玉环媚主误国，安史之乱完全是由这两人引起的，不杀不足以平民愤。

我要冷笑了。

我这样一个深宫妇人，平时只知唱歌跳舞，怎么到头来竟然成了国破家亡的罪魁祸首了呢。

三郎怎会杀我？想当初他为了引我进宫，费了多大的劲啊。先是把我从寿王府移出，接着把我引为女道士，让我成为自由之身，最后才神不知鬼不觉地把我接进他的后宫。郎情妾意，胜过牛郎织女。七月七日天孙节，三郎还和我发过密誓：在天愿作比翼鸟，在地愿为连理枝。这样的三郎，难道会对我下狠手？

这里面肯定有阴谋。这是太子李亨授意的结果，他老早就觊觎三郎的皇位，这次借安史之乱逼宫，拿我们兄弟姐妹开刀。

我的这个猜测是对的。一百年之后，唐僖宗的宰相郑畋就公开这样说：肃宗回马杨妃死，云雨虽亡日月新。他的诗句坐实了我的死就是与肃宗有关，这是公开的秘密。

父子决战，竟拿我这外人来顶缸，也是空前绝后了。

当然，这是背后的故事，史书上公开的，就是我和杨国忠祸国殃民，马嵬事件是我们兄妹罪有应得。

咱们中国向来有这样的传统，国家昌盛，都是男人的功劳，国家衰亡，女人难逃干系，周朝是褒姒倾覆的，吴国是西施攻陷的，西汉是赵飞燕搞坏的，大唐帝国则因我而走向衰败。

照这个狗屁逻辑，女人真是祸国殃民啊。

可是，"君王城上树降旗，妾在深宫哪得知"，就不能找一个更有说服力的"背锅侠"吗？

连男人也鄙视这种嫁祸于女人的无耻做法，你看罗隐怎么说的："家国兴亡自有时，吴人何苦怨西施。西施若解倾吴国，越国亡来又是谁？"

我杨玉环死了，看你们以后再找谁来背锅。

四

三郎三郎，我好恨啊。

你怎么如此软弱，竟连自己的老婆都保不住，你还算是个男人吗。什么"在天愿作比翼鸟，在地愿为连理枝"，都是骗人的。你做了四十多年大唐的天子，富有四海，到头来还比不上一个赤脚种地的农民，他们老了之后，两口子喂鸡种菜晒太阳，你呢，把我当替死鬼，自己也不得好过。

历史是胜者写的，历史也是百姓写的。那个白居易，他根据我的故事写了一首《长恨歌》，让我了解了那天马嵬驿事件发生的全过程。我不再是杨玉环，我只是一个诗歌爱好者，我从《长恨歌》中找到了我一直在找的东西。

我现在终于知道，下令处死我的，确实是三郎你，尽管当时你是被逼的，你后有追兵，你前无去路，太子李亨已经在灵武即位，你这个玄宗已经被肃宗代替，你是进退失据。从理智上说，我能理解你，与国家大业相比，我一个女人轻若鸿毛，但是，三郎，你难道对我没有一点点的怜惜吗？你下诏的时候心在颤抖吗？你语无伦次吗？你哭泣吗？我真的心有不甘啊。

有人说你傻了，有人说你痴了，有人说你为了找我而上天入地。这似乎在说你是在乎我的，你是爱我的。我不知该做何想法。当初爱我的是你，要我死的也是你，我死了之后又找来找去的也是你。

然而，一个最可怕的事实就是，你害死了我。

此时此刻，我的灵魂仍在颤抖，痛彻心扉。

愿得一人心，白首不相离。我跟世上所有的女人一样，只有这一个愿望。

五

我死了一千多年了，可我依旧活着，活在各色各样的诗词与戏剧中。

有出戏叫《贵妃醉酒》，唱的是杨玉环与唐明皇约会的故事。我看戏的时候在想，这个杨玉环醉酒后的样子不好看。

有首歌叫《梨花颂》，好像唱的也是我杨玉环与你李隆基的爱情故事，最后几句蛮有意思："道他君王情也痴，情也痴，天生丽质难自弃，天生丽质难自弃。长恨一曲千古迷，长恨一曲千古思。"前面两句是骗骗年轻人的，这后面"长恨一曲千古迷"是对的，谁也想不到会出现这样的结局，除非三郎自己解释为什么当时做出这样的决定，至于"长恨一曲千古思"，我这个当局者是绝对不会了。

人心叵测啊。